KB201732

다 좋아질 거야,
행복이 쏟아질 만큼

다 좋아질 거야,

행복이
쏟아질 만큼

길연우 에세이

북로망스

* 목차

1 — 우리는 서로 다른 색으로 빛나고 있어

마음의 계절   12
성숙함과 기분   14
잔잔하지만 굳건하게   16
사랑을 채우다   18
시선이 사랑스러운 사람들   20
답이 없는 세상 속에서   22
나와의 약속   24
행복을 가꾸다   26
마음을 관리하는 것   28
균형 잡힌 마음   30
여유에 대하여   32
나를 향한 나의 믿음   34
겨울을 겪고 있는 당신에게 보내는 편지   36
고유한 이야기   38
우리, 예쁜 길로 걷자   42
행복이 깃들 자리   44
매화의 향기   46
그라데이션   48
늦었다는 착각   50
나에게 띄우는 편지   54

단 한 사람　　　　　　　　　　　　56

더 깊은 향기를 머금은 꽃이 되어　　58

마음을 쓴다　　　　　　　　　　　60

모든 끝의 새로운 시작　　　　　　　62

봄을 불어본다　　　　　　　　　　64

마음의 결　　　　　　　　　　　　66

단 한 번이라도, 나는　　　　　　　68

청춘이라는 앨범　　　　　　　　　70

정이 많은 성격　　　　　　　　　　72

나를 오해하지 않는다는 것은　　　　74

어제와 내일　　　　　　　　　　　77

발걸음　　　　　　　　　　　　　81

마음을 담는 그릇　　　　　　　　　82

친구에게　　　　　　　　　　　　83

나에게 묻고 싶은 질문들　　　　　　84

우리가 어른이 되며 알게 된 것들　　86

2 — 내가 기다린 계절은 당신입니다

봄비에 젖다　　　　　　　　　　　90

완벽한 편안　　　　　　　　　　　92

나는 나라는 뚝심　　　　　　　　　94

완벽한 사람　　　　　　　　　　　98

좋은, 동행　　　　　　　　　　　100

다양한 기둥들　　　　　　　　　　102

시절을 함께한 사람들에게 104

모두에게 좋은 사람이 되지 않아도 108

좋은 사람과 함께한다는 것 112

인연의 끝에서 114

혼자가 되어보자 116

묵묵한 헌신 118

불안을 미워하지 않으리 119

작은 것에도 감사할 줄 안다는 것 122

푸르른 날들 124

귀하게 여기면 정말로 귀해져요 126

좋은 사람을 곁에 두어야지 128

아픔이라는 파도 130

새로이 채우기 위한 시작 132

매일 다른 보폭 134

다시 시작하기 위한 준비 136

쉼터 138

우리가 선택할 수 있어요 142

반짝이는 녀석들 146

나다운 모습으로 148

나를 일으켜준 사람 152

마음속 공간 153

외로움 155

들어주는 것 156

순수한 응원 158

사랑을 표현한다는 것 159

목소리를 잃지 않는 사랑 162

서운함을 삼키게 되는 이유   164

일상을 지키는 습관   166

3 — 좋은 사람에게는 좋은 사람이 온다

장마의 속삭임   170

상처와 치유   172

도망가자   174

오래 보고 싶다   178

어느 누구도 아닌 나만의 행복으로   180

시작점   184

낭만을 아는 사람   186

닮음   188

진정한 친구에 대하여   189

내 마음속 단단함을 믿는다   190

우리라는 이불   192

관계의 예의   194

실패한 서핑 수업   196

지금의 감촉   198

적당한 거리   200

서로에게 침묵하지 않는다는 것   202

내 편   204

낡지 않는 인연   206

축축한 여름 시선   207

사람이 너무 좋아서   210

사랑이란   211

하늘은 늘 그 자리에   212

나의 행복을 가장 소중히 여기는 사람   214

모두를 이해할 수는 없으니까   216

나를 만드는 나   218

위안이 되는 것   220

나를 일으키는 사소함   223

사람 마음은   224

안부   226

좋은 사람에게는 좋은 사람이 온다   227

일상 속 행복을 찾아내야지   228

4 — 불그스레 다정한 마음들

변화하는 계절   234

여린 것은 약한 게 아니잖아요   236

나의 고유함을 지켜내는 일   238

당장의 실패로 나의 삶을 내어주지 말 것   240

뒤늦게 알게 되는 것들   242

말랑한 사람들   245

만만한 것이 아니잖아요   246

우리를 위한 여백   248

다정의 깊이   250

나에게 친절하기를   252

숨겨둔 얼굴   257

엄―마   258

단풍의 페이지   262

당신은 나의 유일한   264

담아둔 이야기   268

고운 말   270

사랑의 형체   272

시련을 바라보는 나의 시선   274

내 곁에 있는 사람   276

끊임없이 스스로를 돌아보는 당신   278

그런 일도 있는 것이다   282

행복의 모습   286

조금씩 견고해지는 것   288

첫눈이라는 이불   290

나와의 화해   292

길 위에서   294

사랑의 증거   298

미움보다 강한 마음   302

내게 미처 전하지 못한   304

나에게 시간을 준다는 것   306

우리의 결핍   310

그럼에도 불구하고, 사랑   312

작가의 말   315

1

우리는 서로
다른 색으로
빛나고 있어

*

* 마음의 계절

간절히 기다리던 봄이 창밖에서부터 스며든다. 가지마다 꽃봉오리가 맺히고, 대지는 천천히 녹색으로 물들어간다. 하지만 모든 마음이 동시에 봄을 맞이하는 것은 아니다. 여전히 추운 겨울에 머물고 있는 마음이 있다. 소리 없이 눈발이 쌓이듯, 혼자서 고요히 덮어둔 감정들. 자연의 계절은 달력 위를 일정하게 흐르지만, 내면의 계절은 각자의 리듬을 따른다. 바깥에 온통 봄이 흩날리더라도, 어떤 마음은 아직 겨울의 문턱에 웅크린다. 모두가 봄을 말할 때, 홀로 겨울에 머문 마음이 서툴게만 느껴지는 날들이 있다. 하지만 우리가 마주한 계절이 무엇이든, 중요한 건 그 계절 속에서 우리가 무엇을 품어내고 있느냐는 것일 테다.

아무것도 움직이지 않는 것처럼 보일 때조차 세상은 조용히 방향을 바꾸고 있다. 눈 덮인 땅속에서도 씨앗은 발아를 준비하고, 추운 바람 속에서도 나무는 가지 끝에 잎을 틔울 눈을 품는다. 겨울의 고요함은 정체가 아니라, 깊어지는 순간이다. 모든 계절에는 고유한 의미가 있다. 봄의 생동감, 여름의 열정, 가을의 사색, 그리고 겨울의 웅크림까지. 어느 것도 우열이 없고, 그러므로 조급할 필요도 없다. 삶은 언제나 순환하며, 그 순환 안에서 우리는 조금씩 자신을 완성해 간다. 그러니 나는 내게 머무는 모든 계절을 사랑하고 싶다. 지금 이 순간이 남긴 의미를 온전히 담아낼 수 있도록. 새로이 찾아들 계절을 보다 반갑게 맞이할 수 있도록. 다음 계절은, 견뎌낸 시간만큼 깊고 단단할 것이다. 우리가 지나온 모든 계절을 품고 있을 것이기 때문이다. 결국 우리는 겪어낸 시간만큼의 색채를 지닌 사람이 되어간다. 이것은 계절이 머물다 간 자리에 서서히 피어난 마음의 이야기다.

※ 성숙함과 기분

성숙하다는 것은,
'기분'으로 인해
너무 많이 흔들리지 않는다는 것이다

때로는 흔들리더라도
금방 제자리를 찾는다는 것이다

기분이 좋지 않다는 이유로
가까운 사람에게 날선 모습을 보이지 않는 것

내 안의 부정적 감정을
상대에게 당연하다는 듯
전가하지 않는 것

기분이 우중충하다는 이유로
꼭 해야 할 일을 내팽개치지 않는 것

어둠으로 마음이 뒤덮인 날에도
자신을 향한 애정의 빛을 꺼트리지 않는 것

비가 내리는 마음 한 편에
자신만의 작은 무지개를 그려 넣을 줄 아는 것

진정 성숙하다는 것은,
지금의 기분이 전부가 아니라는 것을 아는 것이다

'지금'의 기분으로
'내일'을 포기하지 않는 것이다

☀ 잔잔하지만 굳건하게

　일순간 뜨거운 관계보다 잔잔하지만 굳건한 관계가 좋다. 순간의 뜨거움은 강렬하지만, 내가 원하는 것은 빠르게 불타고 휘발되어 버리는 관계가 아니다. 은은하지만 한결같은 마음으로 서로의 곁에 머무르는 사람. 함께하는 시간 동안 행복이 잔잔하게 밀려드는 사람. 모든 진심이 온전히 닿을 것이라는 믿음을 주는 사람. 서로의 마음속에 변치 않는 애정이 뿌리내리고 있다는 확신을 주는 사람. 그런 사람과의 관계는 일상을 단단하게 해주고, 나를 보다 오롯한 사람으로 변화하게 한다. 진심은 잔잔하게 전해진다. 강렬하지 않은 모습으로. 하지만 그 안에 깊은 굳건함을 품은 채로.

　나 자신과의 관계도 이와 다르지 않다. 내게 일순간 뜨거운 애정을 쏟았다가, 어느 순간 차갑게 등을 돌리는 사람이 되어서는 안 된다. 내 모든 가능성을 믿어주다가, 조금만 흔들리면 실망하는 것. 어제의 나를 애틋하게 바라보다가도, 오늘의 나는 형편없다고 단정 짓는 것. 잠깐의 성취에 스스로 대견해하다가도, 뜻대로 되지 않는 날이면 아무런 가치도 없는 사람처럼 몰아세우는 것. 내가 나를 이렇게 대한다면, 결국 나와도 불안한 관계가 되고 만다. 진정한 관계가 그러하듯, 나 자신과의 관계에서도 일정한 온도를 유지하고 싶다. 잘 해낼 때도, 그렇지 못할 때도, 나를 바라보는 시선 속에 한결같은 애틋함을 담아내고 싶다. 감정에 휩쓸려 자신을 부정하기보다, 내면 깊은 곳에 자리한, 나 자신을 향한 진심을 들여다보고 싶다. 진심은 잔잔하게 전해진다. 타인에게도, 그리고 나 자신에게도. 빠르게 불타오르는 뜨거움이 아니라, 천천히 스며들어 흔들리지 않는 단단함으로.

✳ 사랑을 채우다

사랑받고 싶다는 갈망이 가슴 깊이 차오를 때가 있다. 공허함이 찾아드는 때. 내 마음속 결코 채워지지 않는 빈 공간이 느껴지는 때. 문득 울적함이 밀려드는 때. 그런 때면, 나는 내 안의 비어 있는 공간을 사랑을 향한 갈망으로 가득 채우곤 했다. 누군가가 나의 속을 채워주기를. 이 칠흑 같은 어둠이 전부 소멸되기를. 그렇게 바랐다.

내 안을 채울 수 있는 건 나 자신뿐임을 까맣게 잊은 채로. 내 마음을 밝히는 것은 끝내 나의 몫임을 외면한 채로.

타인의 사랑만이 전부라 여긴다면 끊임없이 사랑과 관심을 원하게 된다. 타인의 관심이 소멸되면, 나 자신 또한 함께 소멸된다. 타인의 눈초리만으로, 나 자신을 가치 없는 사람이라 확신하게 되기도 한다. 타인의 사랑은 분명 삶을 풍요롭게 만든다. 하지만 그 사랑이 내 마음을 완전히 채워주진 못한다. 우리 안에는 그 누구도 채워줄 수 없는 공간이 있다. 그곳은 오직 나만이 돌볼 수 있는, 나를 위한 자리다. 타인의 사랑이 아무리 달콤하더라도, 그것은 일상 속 잠시 머물다 가는 손님일 뿐. 진정으로 그 자리를 지키는 것은 나 자신을 향한 깊은 이해와 사랑이어야 한다.

나를 사랑한다는 것은, 때로는 고독과 마주하는 용기를 갖는 것인지도 모르겠다. 텅 빈 것만 같은 저녁에 홀로 앉아, 나의 불완전함을 있는 그대로 바라보는 것. 그리고 그런 나를 따뜻하게 끌어안는 것. 누군가의 사랑으로 채우려 했던 그 빈자리가, 사실은 나를 더 깊이 만나는 소중한 공간이었음을 깨닫는 것. 진정한 채움은 타인을 통해서가 아니라, 내 안에서부터 시작된다. 이제는 다른 사람에게 사랑받기 위해 애쓰기보다는, 나 자신이 먼저 내 존재를 애정하기로 한다. 나를 사랑하는 연습을 시작하는 것이다. 내가 먼저 내 마음을 사랑하고 내 삶을 사랑하기 시작하면, 그 사랑은 다른 사람들에게도 자연스럽게 퍼져나갈 것이다. 넘치는 사랑을 다른 이에게도 전할 수 있게 될 것이다.

이제는 나만의 빈 공간을 사랑한다. 스스로 채워낼 수 있음을 알기 때문이다.

✳ 시선이 사랑스러운 사람들

우리는 각자의 '시선'이라는 렌즈를 통해 세상을 바라본다. 어떤 이는 모든 상황을 부족함이라는 렌즈로 바라보며, 행복한 순간에서도 아쉬움을 찾아낸다. 어떤 이는 사소한 일상 속에서도 특별함이라는 렌즈를 통해 찬란함을 발견한다. 같은 사람, 같은 상황을 마주해도 우리는 저마다의 시선에 따라 완전히 다른 세계를 경험하는 것이다. 우리의 시선은 단순히 세상을 바라보는 방식이 아니라, 세상과 관계를 맺는 방식이자 우리 자신을 규정하는 방식이다. 그것은 태어날 때부터 주어진 것이 아니라, 살아가며 선택하고 가꾸어 가는 것이다.

시선이 사랑스러운 사람들이 있다. 같은 풍경에서도 새로운 색채를 발견하는 사람. '괜찮다'는 말 뒤에 숨겨진 '버티고 있어'라는 문장을 읽어내는 사람. 늘 밝은 모습만 보이는 사람의 마음에, 좋은 것만 전하고 싶은 섬세한 배려가 깃들어 있음을 아는 사람. 누군가의 단점에 집중하기보다, 그 이면에 숨겨진 장점을 알아볼 줄 아는 사람. 비가 내리면 창가에 부딪히는 빗방울 소리에 귀 기울이며 행복을 느끼고, 맑은 하늘을 보며 오늘의 작은 기적에 감사할 줄 아는 사람. 시선이 사랑스러운 사람에게는 숨겨진 무지개가 있다. 자신의 삶 또한 그런 시선으로 바라볼 줄 아는 단단함이 있다.

✳ 답이 없는 세상 속에서

어릴 적 무엇이든 자신 있게 외쳤던 나날들을 기억한다. 이런 사람이 되어야지. 저런 사람이 되어야지. 이런 삶을 살아야지. 내가 상상한 그대로의 길을 걷게 될 것이라는 믿음. 그리고 그 길은 찬란한 꽃으로 가득 차 있을 거라는 믿음. 그런 믿음이 존재했었다. 세상엔 이미 앞서 나간 사람들이 만들어 둔 정답이 있고, 그것을 따라가기만 하면 되는 거야. 그러면 모든 것이 탄탄대로일 거야. 하지만 흐르는 세월 속 둘러본 세상은 어릴 적 그것과는 전혀 다름을 느낀다.

세상은 정해진 대로만 흘러가지 않는다. 우리가 마주하는 수많은 갈림길과 변덕스러운 상황은, 그때 내가 믿었던 길과는 전혀 다른 형태로 나타난다. 꽃길은 사라지고, 길가에는 우여곡절과 불확실성이 가득하다. 어릴 적 당차던 표정이 희미해져 간다. 무언가 잘못된 것 같은 생각이 엄습한다. 정답이 있었는데, 분명 정답을 향해 달려왔는데, 이제는 모르겠어. 정답이 없다는 사실은 그 자체로 나를 혼란에 빠트린다. 불안한 마음 가득 품고 주위를 둘러본다. 어디에도 이정표는 없다. 그런데 이렇게 생각해 보는 것은 어떨까.

이정표가 없다는 것은, 내가 자유로이 나아가도 괜찮다는 뜻이라는 것. 세상엔 정답처럼 보이는 길이 존재한다. 하지만 그 길이 우리 모두에게 행복인 것은 아니다. 정답이 없는 것이 아니라, 각자의 정답이 존재하는 것이다. 그런 생각이 나를 분명하게 만든다.

누구도 내 삶의 정답을 대신 정해줄 수 없기에, 내 삶이 비로소 가치 있다는 것. 이것을 깨닫는데 한참의 시간이 걸렸다. 세상의 모든 사람들은, 불확실한 길을 걸으며 비로소 저마다의 진정한 나를 찾아가고 있는 것이다. 이제는 내 마음의 소리를 듣고, 그 외침이 만들어 내는 길을 굳건히 걷기로 다짐해 본다. 때로는 막다른 길에 다다르더라도, 때로는 희미한 안개 속에 덩그러니 놓이더라도 괜찮다. 중요한 것은 나만의 길을 만들어 가는 과정이다. 그리고 그 과정을 남김없이 사랑하는 일이다.

✳ 나와의 약속

다른 사람에게 좋은 사람이 되기 전에,
나에게 먼저 좋은 사람이 될 것

다른 사람의 눈치를 보느라
내가 상처 입는 것을 방치하지 않을 것

가치로운 나의 사랑을 아무에게나 건네지 않을 것

이해할 마음이 없는 이에게
나를 설명하고자 애쓰지 않을 것

아픔만 주는 인연에게 미련 없이 돌아서고,
소중한 인연을 지켜내려 애쓸 것

내가 나를 지키는 것은 잘못이 아님을 믿을 것

긍정적인 에너지를 주는 사람들과
나의 성장을 응원해 주는 이들을 곁에 둘 것

나의 감정과 선택을 믿을 것

나의 주변을 좋은 것으로 채울 것

어느 누구도 부럽지 않을,
나만의 행복을 만들어 갈 것

매 순간 나를 더 아끼고 사랑하는 사람이 될 것

이 모든 것들이 나에게 전하는
가장 소중한 약속임을 잊지 않을 것

* 행복을 가꾸다

갑작스러운 행운만이 우리 삶을 찬란한 빛으로 물들일 수 있을까. 갑작스러운 성공만이 우리 삶에 무지개를 띄울 유일한 길일까. 우리는 모두 알고 있다. 어느 날 우연히 찾아온 무언가가 영원한 행복이 되어주지 않는다는 것을. 쉽게 찾아온 행복은 쉽게 떠나버릴 수 있다는 것을. 갑작스레 찾아온 행운이 우리에게 변치 않는 행복을 선물할 수는 없다. 그것은 사람도, 성공도 마찬가지다. 타인의 마음만으로 나의 삶이 완성될 수 없고, 성공이라는 순간만으로 나의 삶이 영원히 빛날 수는 없다.

이런 생각을 해본다. 행복이란 우리에게 갑작스레 주어지는 것이 아닌, 스스로 서서히 가꾸어 나가는 것이 아닐까. 진짜 나의 마음을 알아가고, 진짜 내가 원하는 모습을 뚜렷하게 그리며, 그렇게 나만의 행복을 만들어 가는 것이 아닐까. 어쩌면 나는 저 산 너머에 행복이 피어 있을 것이라는 막연한 희망으로, 지금을 방치하고 있는 것이 아닐까. 우리는 나만의 행복을 정성스레 빚어낼 수 있어야 한다. 고단한 하루의 끝에 스스로를 위한 시간을 선물할 줄 알아야 하고, 나를 둘러싼 차가운 시선으로부터 벗어난 혼자만의 새벽, 스스로를 향한 따스한 시선을 보낼 줄 알아야 한다. 진정 나를 위하는 것이 무엇인지를 알아가고, 그런 행동들을 천천히 쌓아가는 것. 내 삶에 머무는 것들에 충분히 감사할 줄 아는 것. 행복이란 한순간에 피어나는 것이 아니라, 오랜 시간 정성을 들여 길러가는 것이다.

당신의 행복은 어떤 모습으로 피어나고 있는가. 무엇을 잘라내고, 어떤 가치에 물을 주고 있는가. 우리는 모두 자신만의 정원을 가꾸어 갈 자격이 있다. 때로는 쓸모없는 잡초를 뽑아내고, 좋아하는 것들에 꾸준히 물을 주다보면, 어느새 당신만의 아름다운 정원이 눈앞에 펼쳐질 것이다. 그렇게 피워낸 행복의 정원이 우리의 삶을 은은하게 물들여 줄 것이다.

❋ 마음을 관리하는 것

　　나이를 먹어갈수록, 내 마음을 잘 관리하는 사람이 진정 강인한 사람임을 느낀다. 울적함에 빠져 있다가도 힘을 내서 밖으로 나가 신선한 바람을 맞는 것. 오늘의 기분이 계속되지 않으리라는 믿음을 갖는 것. 기분이 가라앉을 때면 좋아하는 사람과 통화를 하고, 좋은 말들을 주고받는 것. 잘 버텨낸 나에게 작은 선물 하나를 전하는 것. 자신감이 떨어지면 스스로의 장점을 발견하고 단점을 너그럽게 끌어안는 것. 자신의 마음을 따스하게 보살필 줄 아는 사람은, 무엇에도 크게 흔들리지 않는다. 마음에 부드러운 강인함이 자리하고 있기 때문이다. 내 마음도 타인의 마음처럼 따스한 시선으로 살펴야 할 것임을 알게 되면서부터, 우리는 보다 성숙해지는 것이 아닐까. 크고 작은 삶의 굴곡 속에서 꾸준히 나를 지키는 법.

✳ 균형 잡힌 마음

관계에는 균형이 중요하다고 느낀다. 조금 손해 보는 게 괜찮다며 한 발 물러서다가도, 때론 나를 위해 한 걸음 앞으로 다가서는 것. 늘 타인을 먼저 생각하다가도, 가끔은 나의 행복도 소중하다고 되뇌는 것. 좋아하는 사람과 마음을 나누면서도, 나만의 시간도 필요하다는 걸 인정하는 것. 배려하는 마음도 소중하지만, 그만큼 나를 아끼는 마음도 필요함을 받아들이는 것. 누군가를 위해 기꺼이 손해를 감수하는 사람의 마음은 참 아름답다. 하지만 그런 사람도 때론 누군가의 따뜻한 위로가 필요한 법이다. 타인을 향한 마음이 깊은 사람일수록 더 깊은 외로움을 느끼기 마련이다. 늘 베푸는 데 익숙해진 나머지, 정작 자신을 돌보는 일에는 서툴러질 수도 있다.

너무 많이 베풀기만 하면 자신이 고갈되고, 너무 많이 취하기만 하면 관계가 메말라간다. 마치 호흡을 하듯, 때로는 내어주고 때로는 받아들이는, 그 미묘한 주고받음 속에서 관계는 생명력을 유지한다. 다른 이의 마음을 헤아리듯, 가끔은 당신의 마음도 살펴주었으면 좋겠다. 마음의 그릇을 타인에게만 기울이던 당신, 이제는 그 마음을 자신에게도 돌려주자. 그것이 당신이 더 오래, 더 깊이 사랑할 수 있는 유일한 길이다. 지금껏 누군가에게 마음을 베풀었다면, 이는 그 마음을 자신에게도 선물할 수 있다는 증거이기도 하다. 스스로를 사랑할 줄 아는 사람만이 진정으로 타인을 사랑할 수 있으니, 마음속 균형의 추를 다시 한번 살펴보자. 남을 위해 자신을 희생하는 것도, 자신만을 위해 타인을 외면하는 것도 온전한 사랑의 모습은 아니다. 진정한 사랑은 자신과 타인 모두를 품는 넓은 마음에서 비롯된다. 자신을 사랑하는 법을 배울 때, 세상은 더 깊은 사랑으로 응답할 것이다. 균형 잡힌 마음이 뿌리내리는 곳에서, 더 아름답고 단단한 관계의 꽃이 피어날 것이다.

✳ 여유에 대하여

여유는 단순히 시간의 많고 적음에서 비롯되는 것이 아니다. 그것은 삶을 바라보는 깊이 있는 관점에서 시작된다. 마음의 여유란 세상을 받아들이는 성숙한 시선이자, 자신을 있는 그대로 포용하는 따뜻한 태도다. 빠르게만 흘러가는 세상임에도, 성숙한 여유를 가진 사람들은 자신만의 템포를 지킨다. 그들은 멈추어야 할 순간과 나아가야 할 순간을 아는 지혜를 가지고 있다. 그들은 우리에게 깊은 깨달음을 전한다.

인생은 결국 자신만의 고유한 템포로 살아가는 법을 배우는 여정이라는 것을. 서두르지 않고, 남들과 비교하지 않으며, 자기 내면의 진실된 리듬에 충실할 때 비로소 우리는 삶을 온전히 살아갈 수 있다는 것을.

나 또한 그런 사람이고 싶다. 세상이 아무리 빠르게 돌아가도, 나만의 우아한 템포를 잃지 않는 사람. 남들의 시선에 휘둘리지 않고, 내 안의 진실된 소리에 귀 기울일 줄 아는 사람. 차가운 세상 속에서도 자신만의 고요한 중심을 간직한 채, 따뜻하게 주변을 바라볼 줄 아는 사람. 진정한 여유는 시간의 여유가 아니라, 마음의 깊이다.

✳ 나를 향한 나의 믿음

누가 뭐래도 나 자신을, 내가 믿어주어야 하는 순간이 있다. 잘 하고 있는 거라고. 지금 내가 걷고 있는 길이 분명 옳은 길일 거라고. 충분히 잘 해내고 있으니, 지금처럼 나아간다면 분명 밝게 웃을 날이 찾아올 거라고. 조금이라도 더 나은 사람이 되고자 노력했던 순간들은 결코 헛되지 않을 거라고. 아름답게 다듬어진 나의 곁에, 그와 닮은 인연이 찾아올 거라고. 최선을 다하고 있기에 불안한 것이라고. 너무도 잘해내고 싶기에 초조한 것이라고. 괜찮다고. 다 잘 될 거라고. 네가 자랑스럽다고.

믿음은 중요하다. 내가 나를 믿지 못한다는 간단한 사실로 인해, 많은 부분이 무너지는 것을 우리는 어렵지 않게 목격할 수 있다. 믿음이 없다면 쉽게 흔들리기 마련이고, 나아가는 발걸음 또한 무거워지기 일쑤다. 그러므로 나는 최선을 다해 나를 믿고 싶다. 내가 겪어온 시간을, 그 시간 속 나의 모습을, 나 자신이 가장 잘 알고 있기 때문이다.

나를 향한 믿음에 타인의 인정은 필요치 않다. 가장 필요한 순간에 나를 믿어주는 것은, 오직 나 자신뿐이니까. 누구도 내 삶의 무게를 대신 짊어질 수 없으므로, 나는 나를 지켜내야 할 소중한 의무가 있다. 스스로에게 건네는 확신은 그 어떤 외부의 인정보다 강력한 애정의 표현이다. 그러므로 나는 나에게 흔들림 없는 확신을 보낸다. 누구의 검증도 필요치 않은, 굳건한 지지를 보낸다.

✳ 겨울을 겪고 있는 당신에게 보내는 편지

봄이 내리면 이 겨울에 담아둔 마음속 사진들을 남김없이 꺼내보는 거야. 누군가의 봄날을, 그 생기를 부러워했던 지금을 빠짐없이 펼쳐보는 거야. 더 이상 황폐하지 않은 마음에 부서진 나뭇가지를 괜스레 꽂아보는 거야. 지난날의 내 모습 같다며 쓰다듬어 보는 거야. 무엇에도 덮이지 않은 초록의 길을 비스듬히 걸어보는 거야. 봄에게, 내게로 와주어서 고맙다고, 하지만 너와 나눌 수 없었던 겨울을 시샘하진 말라고, 겨울을 사랑하는 것이 너를 사랑하는 방식이라고 말하는 거야. 봄이 오면, 이 겨울에 새겨진 마음의 흔적들을 다시 꺼내어, 천천히 어루만져 보는 거야. 눈이 녹아 더 이상 보이지 않는 발자국을 하나 둘, 되짚어 보는 거야. 얼었던 시간 속 나의 모든 기다림을 끌어안는 거야.

나는 알아. 겨울을 지나온 사람에게서만 느낄 수 있는 생기를. 숨소리를. 겨울을 지나온 사람만이 머금고 있는 향기가 있어. 힘든 계절을 지나온 사람만이 내뿜는 화사함이 있어. 봄이 내릴 거야. 이 겨울에 맺힌 눈물이 곧 맑은 햇살로 쏟아질 거야. 대견할거야. 찬란할 거야. 분명 그럴 거야.

"If winter comes, can spring be far behind?"

— P. B. Shelley

✳ 고유한 이야기

　종종 타인의 삶을 들여다보며 나를 돌아보곤 한다. 소셜 미디어 속의 완벽한 순간들, 지인들이 남긴 화려한 결과들. 그것들은 마치 빛나는 별처럼 우리의 시선을 사로잡는다. 그 순간, 내 안에 있는 불안과 고독은 더욱 짙어져 가고, 그들의 삶이 마치 나의 부족함을 비추는 거울처럼 느껴진다. 그렇게 나는 나의 삶을 비극적인 비교의 틀에 가두어 두곤 했다. 그들의 이야기에 휘둘려 내가 원하는 것이 무엇인지 잊고, 무의미한 질투에 사로잡혔다. 남들과의 비교 속에서 스스로를 질식시켰고, 결국 내게 주어진 소중한 시간과 기회를 낭비하곤 했다. 그들은 그들의 길을 걷고, 나는 내 길을 잃었다. 내가 원하는 삶은 남들의 삶을 베껴 만든 삶이 아니었음에도 불구하고.

　어쩌면 우리는 비교의 시대를 살아가고 있는지도 모른다. 누군가의 SNS 속 행복한 순간들이 우리의 기준이 되고, 타인의 성공이 목표가 되는 시대. 그것이 잘못된 일만은 아니다. 때로는 그런 비교가 우리를 더 나은 곳으로 이끄는 동력이 되기도 하니까. 하지만 그 비교가 나의 고유한 가치를 지워버리고, 내가 진정 바라는 것을 잃어버리게 만든다면, 그것은 더 이상 성장을 위한 비교가 아니다. 우리는 저마다의 시간 속에서 각자의 속도로 걸어간다. 누군가는 빠르게 앞서 나가고, 또 누군가는 더디게 발걸음을 내딛을 수도 있다. 하지만 더 빨리 도착하는 것만이 능사는 아니다. 중요한 것은 진정 내가 원하는 곳으로 향하고 있는가이다.

이제는 나만의 방향을 찾아가기로 했다. 더 이상 타인의 화려한 순간들을 좇지 않고, 나만의 길을 걸어가기로 했다. 누군가의 삶을 복사한 흐릿한 그림이 아닌, 나만의 색으로 칠해진 선명한 그림을 그리기로 했다. 남들의 시선으로 나를 재단하지 않고, 내가 걸어온 길의 가치를 스스로 매기기로 했다. 나의 고유한 경험과 감정, 그리고 나만의 시각으로 세상을 바라보는 것이 진정한 나를 조각하는 길인 것이다. 타인의 삶을 부러워하기보다, 내 삶의 모든 궤적을 소중히 여기는 것. 삶은 저마다의 이야기를 만들어 가는 여정이다.

가끔은 그들의 삶이 여전히 부러울 때도 있다. 하지만 이제는 그 부러움을 나의 삶보다 우위에 두지 않는다. 그들은 그들의 길을 가고, 나는 나의 길을 걷는다. 그 과정에서 생겨나는 모든 경험은 나에게 소중한 자산이 된다. 나는 내가 만든 고유한 이야기를 쌓아가고 있는 것이다. 그러니 오늘도, 부럽고 아쉬운 마음은 잠시 내려놓고 나만의 이야기를 묵묵히 써내려간다. 결국 우리는 각자의 이야기를 만들기 위해 이 세상을 살아가고 있으며, 그 이야기의 주인공은 나 자신이라는 사실을 잊지 말자. 내 이야기에 이 문장 또한 포함하고 싶다. 나만이 알고 있는, 나만이 만들어 가고 있는, 내 삶의 모든 이야기를 사랑하리라.

✳ 우리, 예쁜 길로 걷자

　　내면의 길을 예쁘게 가꾸어 내는 사람이 있다. 세상이 차갑다 해도 따스함을 지켜내는 사람. 쉬운 길보다 옳은 길을 택하는 사람. 남들의 상처에 공감할 줄 알고, 타인의 아픔을 외면하지 않는 사람. 절망보다는 희망을, 냉소보다는 관심을, 미움보다 애정을 채워 가는 사람. 삶의 길이 항상 꽃으로 가득차 있지 않다는 것을 우리는 안다. 때론 울퉁불퉁하고, 때론 가파르며, 때론 안개로 가득 차 있어 앞이 보이지 않을 수도 있다. 그럼에도 불구하고 어떤 마음으로 내면의 길을 가꾸어 나갈 것인지, 우리는 선택할 수 있다.

진심이 가리키는 방향으로 묵묵히 걸음을 내딛는 것. 사소한 순간에도 감사함을 찾아 마음의 정원을 풍요롭게 가꾸는 것. 실패와 아픔까지도 자신의 일부로 받아들여 더 깊은 이해의 씨앗으로 삼는 것. 진정 예쁜 길을 걷는다는 것은, 내 삶에 늘 꽃길만 펼쳐지기를 바란다는 뜻이 아니라, 그럼에도 마음에 꽃을 피워내겠다는 간절한 다짐이 아닐까. 그렇게 묵묵히 걸어가다 보면, 어느 순간 돌아본 내 삶의 길 위에도 작은 꽃들이 조용히 피어나고 있음을 발견하게 될지도 모른다.

＊ 행복이 깃들 자리

　　모든 순간을 완벽하게 채우려 집착하다 보면, 정작 무엇도 채우지 못한다. 모든 관계를 지켜내려 발버둥 치다 보면 결국 아무것도 지키지 못한다. 과도한 집착은 오히려 우리 안의 예민함을 일깨운다. 어쩌면 우리에겐 적당한 무심함이 필요하다. 무심함이란 냉담이 아니다. 그것은 오히려 진정으로 소중한 것들에 집중하기 위한 선택이다. 일상에 끼어드는 모든 사건들에 완벽하게 반응하지 못해도 괜찮다. 모든 관계를 완벽하게 지켜내지 못해도 괜찮다. 유연하게 흘려보낼 줄 아는 것. 그것이 중요하다. 집착을 내려놓는 순간, 우리는 더 많은 것들을 해내게 될 것이다. 내려놓음이 주는 편안함은 오히려 더욱 긍정적인 집중을 가져다줄 것이다. 행복에게도 집착하지 말자. 집착으로 마음의 자리를 채우지 말자. 행복이 깃들 자리를 비워두자. 행복은 채움이 아닌, 비움 속에서 피어나는 것이다.

❊ 매화의 향기

겨울이 봄에게 자리를 완전히 내어주지 않은 때에도
그럼에도 불구하고 매화는 피기 시작한다.

차가운 바람 속에서
홀로 피어난 작은 꽃
겨울과 봄이 맞닿는 그 경계에서,
매화는 그저 묵묵히 자신만의 시간을 보낸다.

얼어붙은 세상 속에서,
자신의 존재를 증명하듯 피어나며
하얀 꽃잎을 조금씩 펼친다.

마음 한 편이 여전히 얼어 있는 사람에게,
매화의 향기가 살며시 다가온다.

봄의 시작을 알리듯,

그 향기는 차가운 겨울 속에서

아주 작은 희망을 품고 있다.

그것은 바로,

아직 봄이 아닌

이 겨울 속에서도

각자의 따스함을 품을 수 있다는 사실.

매화는 우리에게

언제나 봄은 찾아온다는 사실을

가르쳐 주기 위해서

늦겨울에 찾아오나 보다.

✳ 그라데이션

하루에도 몇 번씩 바뀌는 마음. 나를 향한 마음. 어떤 순간에는 내 강점들이 눈에 띄어 스스로를 가치 있게 여기다가도, 문득 약점만 보이면서 실망감이 몰려옵니다. 어떤 날은 이만하면 괜찮은 사람이다 싶다가도, 어느 순간 부족한 내 모습이 괜시리 미워집니다. 나의 내면에는 밝은 색과 어두운 색이 동시에 존재하는 것 같습니다. 어느 날은 내가 가진 장점이 나를 환하게 비추고, 또 다른 날은 단점이 나를 움켜잡고 무너뜨리기도 합니다. 하지만 내가 미워하는 나의 모습을 가만히 바라보다 보면, 때때로 그 속에 숨겨진 이야기들이 보입니다. 내가 부족하다 여겼던 면들도 결코 쓸모없는 것이 아니라는 사실을 조금씩 깨닫게 되는 것입니다. 내 성격의 단점이라 여겼던 것들은, 어느 순간에는 장점이 되기도 하거든요. 소심함은 누군가를 더 세심하게 바라보게 만들고, 고집스러움은 쉽게 포기하지 않는 끈기로 바뀌기도 합니다. 때때로 우유부단함은 섣부른 판단을 막아주기도 하고, 풍부한 감정은 타인의 아픔을 더 깊이 이해하게 해줍니다. 그렇게 내가 미워하던 모습들 속에도 나만의 의미가 숨어 있었습니다. 어쩌면 그런 모든 점들이 지금의 나를 이루는 고유한 색이었는지도 모릅니다. 나를 알아간다는 것은 그런 것이 아닐까요. 나의 어두운 모습마저 나의 모습임을 알아가는 것. 우리는 나의 부족함과 아픔을 받아들이면서, 나라는 존재를 사랑하는 법을 배웁니다. 미운 나와 좋은 나, 이 두 가지 면을 이해하고, 받아들이는 과정 속에서 진정한 나를 찾게 되는 것입니다. 찬란한 빛이 있으면 반드시 그림자가 생기듯, 우리 안의 밝음과 어둠은 하나의 온전한 존재를 이룹니다. 그 밝음과 어둠이 만들어 내는 깊이 있는 그라데이션이 바로 '나'라는 존재입니다.

✳ 늦었다는 착각

우리는 종종 시간이라는 걸 불편한 짐처럼 생각하며, '지금은 너무 늦었다'라는 말로 스스로를 가둔다. 그 순간, 우리는 무언가를 시작할 기회를 스스로 놓아버린다. 시간을 감옥으로 만들어 버린다. 그리고 그 감옥 안에서 우리는 무수한 소망들을 포기한다. 그런데 생각해 보면 '늦었다'는 말은 누가 정한 기준인가. 스무 살에 시작해야만 하는 것, 서른에 이뤄내야만 하는 것, 마흔에 완성되어야만 하는 것. 그런 것들은 누가 정한 것인가. 그것은 절대적인가. 내 삶을 그곳에 통째로 욱여넣어야 할 정도로. 그 틀에 맞춰지지 못하면 내 삶 전체를 부정해야 할 정도로.

늦었다는 생각이 차오를 때마다, 나는 차분히 생각한다. 이 말 속에서 피어나는 두려움은 내가 만든 한계일 뿐, 타인의 시선이 만들어 낸 결과일 뿐, 내가 시작하기로 선택한 순간 무엇도 늦은 것은 없다는 것. 내가 원하는 것을 향해 오늘이라도 한 걸음 내딛는다면, 그게 바로 나를 위한 시작의 시간이다. 무엇에도 흔들릴 필요 없다. 내 삶의 시간은 나의 것이기 때문이다.

언젠가는 지금의 나를 돌아보며 '왜 그렇게 주저했지?' 하며 후회하는 순간이 올 것이다. '그때는 늦지 않았었는데' 하고 자책하며 지금을 떠올리게 될지도 모른다. 그렇게 생각하다 보면, 미래의 내 모습 속 쓸쓸한 얼굴이 그려져 괜스레 미안해진다. 어깨에 앉은 두려움을 털어내고 나아갈 채비를 하게 된다.

작은 한 걸음이 더 큰 길로 이어질 수 있다는 사실을 우리는 종종 잊곤 한다. 사소한 한 걸음을 내딛는 것, 그것이 내가 먼 길을 떠나기 위해 가장 먼저 할 수 있는 유일한 행동이다. 더 이상 두려워하지 말자. 내가 원하는 미래를 향해 작은 한 걸음을 내딛자. 오늘이 내가 정한, 바로 그 시작의 날이니까.

내일은 오늘의 선택에 달려 있다. 내일의 내가, 오늘 나의 선택을 기다리고 있는 것이다. 환하게 미소 지을 준비를 하고 있는 것이다. 지금까지의 삶이 그러했듯, 나의 미래 또한 나만의 것이다.

* 나에게 띄우는 편지

이미 지나간 시간을 후회하며
오늘의 나를 상처 입히지 말 것

소멸된 시간 속을 방황하지 말고
지금 내게 주어진 시간을 자유롭게 유영할 것

과거의 그림자가 사라지지 않더라도
그것이 나의 길을 가로막을 수 없음을 기억할 것

어제의 부족함에 짓눌리지 말고
오늘의 가능성을 품에 안을 것

오늘의 감정을 외면하지 말고,
그 속에서 진정한 나를 발견할 것

미래의 불안이 가득 차오를지라도
지금 이 순간에 충실할 것

작은 변화가 삶의 방향을 바꿀 수도 있음을
가슴에 새기며 걸어갈 것

매일의 작은 기쁨을 놓치지 말고,
그 속에서 삶의 의미를 찾을 것

자신을 비난하지 말고,
이제는 나에게 친절할 것

자신에게 솔직할 것

있는 그대로의 나의 모습을 받아들일 것

매 순간을 사랑하며 살아갈 것

이 모든 과정을 따스하게 품을 것

✳ 단 한 사람

마음을 터놓을 한 사람이 존재하는 것만으로 우리는 충분히 한 생애를 살아간다. 그 사람은 내 마음의 짐을 함께 나누고, 나의 아픔과 기쁨을 이해해 주는 존재다. 함께 웃고, 함께 울며, 그리고 서로의 이야기를 들으며 깊은 연결을 느끼는 존재. 그러한 관계는 세상의 모든 고통을 덜어줄 만큼 소중하고, 그 어떤 어려움도 함께 이겨낼 수 있는 힘이 된다. 우리는 그 한 사람과 함께하기 위해 노력한다. 내 마음의 문을 열 수 있는 상대를 위해 더욱 좋은 사람이 되고자 노력한다. 자신의 내면을 들여다보고, 감정을 가다듬으며, 진정한 나를 찾기 위한 여정을 떠난다.

우리는 내면을 탐구하고, 상처를 치유하며, 고난의 과정을 겪는다. 그리고 그 과정 속에서 우리는 스스로를 존중하고, 자신을 사랑하는 법을 배우게 된다. 결국, 그 한 사람과 함께하기 위한 여정은 나 자신을 발견하는 여정이기도 하다. 사랑은 서로를 성장시킨다. 진짜 관계는 서로를 위해 자신을 발전시킨다. 진정한 서로의 모습을 일깨우는 관계. 어쩌면 우리는 진정한 나를 발견하기 위해 그토록 사랑을 향하는 것인지도 모른다. 사랑은 단순한 감정이 아니라, 서로의 진정한 모습을 일깨우는 과정인 것이다.

✳ 더 깊은 향기를 머금은 꽃이 되어

분명 봄은 왔습니다만, 어느 소녀의 마음은 여전히 겨울입니다. 봄을 상징하는 풍경들이 여기저기 피어나고 있음에도, 소녀는 여전히 홀로 겨울에 움츠리고 있습니다. 봄의 향기를 품고 불어오는 바람이, 누군가에게는 반갑게만 느껴지는 그 바람이 소녀에게는 매섭게만 느껴집니다. 누군가는 소풍을 나가기 위해 짐을 싸는데, 소녀는 견뎌야 할 현실을 잔뜩 욱여넣고 외로운 길을 나섭니다.

그러다 문득 아직 꽃을 피우지 못한 어느 봉오리에 걸음이 멈춥니다. 자신의 모습을 닮은 것 같아 괜스레 슬퍼집니다. 하지만 다시 한번 자세히 바라보면, 다른 모습을 발견할 수 있습니다. 아직 꽃을 피우지 못한 모습이 아니라, 언젠가 어여쁘게 피어나기 위해 움츠리고 있는 모습을 바라볼 수 있습니다. 시선을 바꾼 것만으로 그 모습이 무척 당당하게 느껴집니다. 결실을 맺은 다른 꽃들에 전혀 뒤처지지 않습니다. 우뚝 서서 자신만의 계절을 기다리고 있는 모습이, 대견하게 느껴집니다.

소녀의 마음속에 작은 씨앗이 심어집니다. 그것은 희망의 다른 이름임을 소녀는 알고 있습니다. 이제 확신이라는 물을 줘 보려 합니다.

　때로는 여전히 꽃을 피우지 못한 자신이 초라하게 느껴지겠지요. 다른 이들과의 비교로 자주 작아지고, 혼자만의 시간에 자꾸만 두려움이 밀려오겠지요. 하지만 걱정하지 말아요. 분명 당신은 피어나고 있습니다. 숨겨둔 울음을 혼자서 삼켜내는 그 시간에도 내가 걷는 길에 대한 확신을 잃고 주춤거릴 때에도 자꾸만 작아지는 당신을 다독이고, 계속해서 움츠려드는 마음을 이끌고 새벽을 걷는 그 순간에도 당신만의 모습으로, 당신만의 속도로 당신은 피어나고 있습니다. 지금 당신이 알아보지 못할지라도 시간이 지나면 알게 될 것입니다. 당신의 계절이 오고 있습니다. 더 깊은 향기를 머금은 꽃이 피어나고 있습니다.

＊ 마음을 쓴다

　　마음을 '쓴다'는 말을 좋아한다. 더 정확히 말하면, 누군
가를 위해 기꺼이 마음을 쓸 줄 아는 사람들을 좋아한다. 그
런 사람들이 있다. 몸이 안 좋다는 전화 한통에 늦은 새벽이라
도 아랑곳하지 않고 달려 나가는 사람. 스치듯 전했던 아픈 문
장을 담아두고, 긴 위로의 편지로 되돌려주는 사람. 누군가의
아픔에 기꺼이 눈물지을 줄 알고, 누군가를 향한 걱정에 밤을
지새울 줄 아는 사람. 소중한 이의 찡그린 얼굴을 펴주기 위해
정성스레 만든 요리를 건넬 줄 알고, 마침내 찾아온 사랑하는
이의 미소를 보며 행복에 겨워할 줄 아는 사람. 여린 마음이
라는 단어로 전부 담을 수 없는 아름다움을 지닌 사람들. 어
쩌면 그들이 써주는 마음 덕분에 세상의 온기가 유지되는지
도 모르겠다.

　　세상에는 분명 차가운 시선들이 존재하고, 때론 그 차가
움에 지치는 날들도 있다. 하지만 그럴 때마다 나는 세상에 온
기를 전하고 있는 사람들에게로 시선을 돌린다. 세상의 무심

함에도 자신의 온기를 잃지 않는 사람들에게. 세상이 차갑다고 해서 자신의 마음까지 차갑게 만들지 않는 사람들에게. 우리는 다소 떨어져 있더라도 서로의 온기를 주고받으며 살아간다. 누군가의 따스한 마음이 또 다른 이에게 전해지고, 그것이 다시 새로운 온기가 되어 퍼져 나간다. 따듯함은 전염성이 강하다. 그러므로 더 널리 퍼져 나갔으면 좋겠다. 오늘도 누군가를 위해 마음을 쓰는 그들에게, 그들이 전하는 따스함이 되돌아가기를. 그들이 건네는 작은 위로들이 더 큰 사랑이 되어 그들의 삶에도 스며들기를. 마음을 쓴다는 것은, 삶을 나누는 일이다. 우리는 그렇게 서로의 온기가 된다.

✳ 모든 끝의 새로운 시작

상실의 무게에 짓눌릴 때,
그 안에 숨겨진 기회들을 바라보자.

아쉬움에만 매달리기보다,
새로운 만남을 기대해 보자.

떠나간 것들을 슬퍼하는 대신,
다가오는 것들을 받아들일 준비를 하자.

세상은 나에게 여전히 열려 있으니까.
작은 것들이라도 기쁘게 받아들이고,
하루하루를 나만의 것들로 채워가자.

상실이 주는 가장 큰 선물은,
그 자리를 채울 새로운 기회를
열어준다는 것이다.

잃어버린 것만 바라보지 말고
우리에게 찾아올 행복들을
기다리는 법을 배우자.

모든 끝은
새로운 시작을 품고 있다.

✳ 봄을 불어본다

봄이 불어온다

봄을 알리는 꽃잎들이

하늘하늘 춤을 추며

내 앞에 흩날린다

어제보다 조금 더 따스해진 바람결

살며시 마음을 열어보니

겨우내 얼어 있던 마음 한 편에도

어느새 봄이 놀러왔나 보다

아직은 서툴지만

조심스레 한 걸음

내딛어 본다

때론 바람에 흔들리고

비틀거리기도 하지만

그래도 괜찮아

겨울은 이제 저만치

흩날리는 꽃잎 하나 살포시 움켜쥐며

옅은 미소를 지어본다

두근거리는 설렘을 손바닥 위에 올려두고

겨울에 모아둔 걱정 전부 그 안에 담아

봄을 불어본다

겨울을 털어낸 봄이

맑은 춤을 춘다

* 마음의 결

마음에도 결이 있다.

결이 맞는 사람과의 대화는 선물이고,
침묵의 시간은 편안함이다.

이런 생각을 해본다.

결이 맞는다는 것은
원하는 행복의 모양이 같다는 의미가 아닐까.

그러므로 내가 원하는 모습의 행복을
고스란히 상대에게 건넸을 때,
상대 또한 당연히 그것을 행복으로 받는다는
의미가 아닐까.

특별한 일이 없어도
함께하는 시간이 충만한 사람.

공백이,
불안함이 아닌 편안함으로 느껴지는 사람.

사소한 배려의 의미가
오롯이 전해지는 사람.

마음의 결이 맞다는 것은,
같은 방향을 향하고 있다는 뜻이다.

같은 행복을 그리고 있다는 의미다.

✳ 단 한 번이라도, 나는

나는 단 한 번이라도
세상의 잣대도
어느 누구와의 비교도 없이
나 자신을 온전히
있는 그대로
바라봐 준 적이 있는가

그 시선 속에
진정 나만이 전할 수 있는
한 줄 문장을
담아본 적이 있는가

그 문장을
진정 믿어본 적이
있는가

✳ 청춘이라는 앨범

활짝 핀 꽃들이 봄이 지나면 금세 자취를 감춰버릴 것을 알기에, 사람들은 꽃놀이를 떠난다. 여름의 따뜻한 바다가 곧 차가워질 것을 알기에, 사람들은 마음껏 바닷물 속에 뛰어든다. 울창한 단풍이 금세 저물 것을 알기에 마음에 담아두려 자세히 바라본다. 겨울이 지나가면 더 이상 볼 수 없는 하얀 세상을 만끽하기 위해, 손이 시린지도 모른 채 눈을 뭉친다. 또다시 돌아올 계절인줄 알면서도, 우리는 최선을 다해 각 계절을 만끽한다. 사람의 삶에도 계절이 있다. 그 중 가장 찬란하게 빛나는 순간을 청춘이라 부른다. 하지만 청춘이라는 계절은 다시 돌아오지 않는다.

언젠가 이 시간을 그리워하겠지. 빛바랜 사진 위에 쌓인 먼지를 털어내며 눈물 훔칠 날이 찾아오겠지. 그 사진을 바라보는 우리의 마음속 가장 큰 후회는, 그 찬란했던 순간을 찬란하게 바라보지 못했다는 사실일지도. 어쩌면 가장 위태로운 것이 청춘이겠지만, 우리 삶에서 가장 빛나는 순간도 청춘일 것이다. 그러니까, 다시 돌아올 계절마저 아쉬워하던 마음을, 돌아오지 않을 우리의 청춘에게도 조금은 나누어 주자. 돌아 오지 않을 계절을 대하듯, 우리의 청춘을 어루만지자. 상처를 딛고, 조금 더, 한 걸음씩만 더 행복하자. 아직 바래지 않은 사 진들 속, 미소가 더 많이 흘러넘치도록. 우리가 만들어 갈 앨 범 속 이야기들이 더욱 생기롭게 피어나도록.

✳ 정이 많은 성격

정이 많은 나의 성격을 탓하게 되는 순간이 있다. 정이 많다는 것은, 쉽게 상처받고 오래 아픈 사람일 뿐이라고. 그렇게 믿게 되는 순간이 있다. 괜히 혼자서 받지 않아도 될 상처를 받는 것만 같은 때. 다른 사람들은 언제 그랬냐는 듯 떼어내는 정을, 혼자서 부여잡고 있는 것만 같은 때. 나만 관계를 지키려고 애쓰는 것 같은 때. 다른 이들은 쉽게 잊어버리는 추억을, 혼자 곱씹으며 그리워하는 것만 같은 때. 하지만 누가 뭐래도 나는 정이 많은 사람이 좋다. 한번 맺은 인연을 지켜내려 노력하는 사람임을 알기 때문에. 마음을 나눈다는 행위를 가볍게 여기지 않는 사람임을 알기 때문에. 관계를 쉽게 매듭짓지 않고, 끝까지 실타래를 풀어보려 하는 사람임을 알기 때문에. 쉽게 잊지 못하는 마음은, 그만큼 진심으로 사랑할 줄 안다는 증거가 된다. 한번 맺은 인연을 소중히 여기는 마음은, 관계의 가치를 알고 있다는 의미가 된다. 연결은 많아졌지만 깊이는 얕아진 시대. 손쉬운 만남과 가벼운 이별이 반복되는 요즘.

어쩌면 정이 많은 이들은 여전히 아날로그적 따스함을 간직한 사람들이다. 그들이 있기에 우리는 여전히 진정한 교감이 무엇인지 잊지 않을 수 있다. 정이 많다는 것은 쉽게 상처받는 약함이 아니라, 상처를 감수하면서도 관계를 지킬 줄 아는 강함이다. 수많은 이별과 상처 속에서도, 여전히 사람을 믿고 사랑할 수 있는 용기를 가졌다는 뜻이다.

✳ 나를 오해하지 않는다는 것은

내가 나를 믿는다는 것.

그 시작은 어쩌면 나를 오해하지 않는 것.

지금껏 건너온 세월 속에서
충분히 잘 해낸 것들을 기억하는 것.

우리는 종종 스스로를
왜곡된 시선으로 바라본다.

실패한 순간만을 기억하고,
잘해낸 순간들은 쉽게 잊어버린다.

작은 실수 하나로 전체를 부정하고,
남들의 시선으로 나를 재단한다.

스스로를 사랑하기에,

더 나아지길 바라기에,

더욱 엄격하게 스스로를 검열한다.

더 나은 나를 만들기 위하여

스스로를 그렇게 채찍질한다.

하지만 잊지 말아야 할 것이 있다.

아무도 모르는 새벽 홀로 흘린 눈물과

포기하고 싶던 순간에 한 걸음 더 내딛은 용기.

그리고 캄캄한 시기를 묵묵히 견뎌낸 인내까지.

그 모든 순간이 지금의 나를 만들었다는 것.

깊어진 밤 홀로 남겨진 순간에도
한 걸음씩 전진해 온 당신.

수많은 좌절 속에서도
다시 일어설 힘을 만들어 낸 당신.

나를 오해하지 않는 것은,
나의 가치를 알아주는 일이다.

남이 모르는 나의 진짜 이야기를
믿어주는 일이다.

✳ 어제와 내일

내가 그때 조금만 더 용기 내었더라면 어땠을까,
그 선택이 내 삶을 조금이라도 바꿀 수 있었을까,
그렇다면 조금 더 나은 미래를 그릴 수 있었을까.

과거는 이미 고정되어,
뒤바뀔 수 없는 것인데도

계속해서 우리에게 영향을 미친다.
자꾸만 뒤를 돌아보게 만든다.

무엇이 그리 후회되었고,
무엇이 그리 두려웠을까.

하지만 우리가 과거를 끊임없이 후회하는 이유는,
미래가 두렵기 때문인지도 모른다.

불확실한 미래.
누구에게도 정해져 있지 않은 미래라는 이름이
우리를 끊임없이 옥죄기 때문인지도 모른다,

하지만 불확실한 내일의 또 다른 이름은,
꿈의 씨앗이다.

무엇도 정해져 있지 않다는 것은,
그 길을 행복으로 만들어 낼 수 있는
가능성을 내포하고 있다는 뜻이다.

어제를 떨쳐내고
미래를 향해 나아가자.

이미 지나간,
바꿀 수 없는 과거에 매몰되지 말고,

충실히 지금을 건너
불확실한 미래를 향해 뚜벅뚜벅 걸어가자.

나의 미래를 두려워한다는 것은,
미래의 행복을 간절히 소망하고 있다는 뜻이다.

어제의 실수에 연연하는 나에게 위로를.
미래의 불안에 밤새우는 나에게 용기를.
내가 나를 다독이며 살아가는 방식.

✳ 발걸음

　누군가와 깊이 관계를 맺지 않으면 다치지 않을 것인데. 마음을 주지 않으면 상처받을 일도 없을 것인데, 기대하지 않으면 실망하지 않을 것이고, 사랑하지 않으면 아프지 않을 것인데. 그럼에도 불구하고 우리가 다칠 수 있는 가능성을 향하는 이유는, 그만큼의 가치가 그 안에 담겨 있기 때문이다. 누군가의 마음에 머무는 것. 누군가의 곁에서 숨 쉬는 것. 그러한 것들이 우리를 살아 있게 하니까. 그럼에도 불구하고 내딛는 발걸음이 아름답다. 그럼에도 불구하고 마음을 나누는 것을 포기하지 않는 사람의 마음에는 다치더라도 다시 일어설 수 있는 힘이, 상처받아도 다시 사랑할 줄 아는 용기가, 실망해도 스스로를 다독일 수 있는 굳건함이 있다. 그것은 온전한 삶을 살아내겠다는 다짐이며 진실된 마음으로 세상을 마주하겠다는 선택이다. 불완전하지만 진실된 관계를 선택하는 용기. 그 모든 선택 앞에서 우리는 조금씩 더 단단해진다.

✳ 마음을 담는 그릇

체력이란, 마음을 담는 그릇이 아닐까. 체력은 누군가의 이야기를 끝까지 들어줄 수 있는 인내가 되고, 힘든 이의 어깨를 두드려 줄 수 있는 여유가 된다. 한때는 내가 얼마나 친절한 사람인지, 얼마나 따뜻한 마음을 가졌는지만이 중요하다고 생각했다. 하지만 지쳐 있을 때면 사랑하는 이의 어여쁜 말소리도 귀찮게 들리던 날을 겪으며 깨달은 것이 있다. 아무리 맑은 물이라도, 그릇이 깨져 있다면 담을 수 없다는 것. 친절도 체력이 있어야 가능하고, 배려 또한 체력에서 완성된다. 온전한 나로 서 있을 힘이 있어야, 비로소 다른 이에게 손을 내밀 수 있다. 그러므로 나는 스스로를 단단하게 가꾸어 내고 싶다. 꾸준히 숨을 골라 더 많은 이야기를 품어줄 수 있는 사람이 되고 싶다. 지친 마음을 위로할 수 있는 넉넉한 어깨를 갖고 싶다. 그래서 더 맑은 물을 담을 수 있는, 더 견고한 그릇이 되고 싶다.

✳ 친구에게

친구야. 앞으로 너의 앞에 찾아올 크고 작은 고난들이 너를 옥죄더라도, 그 순간을 겪으며 한없이 작아지더라도, 그 어떤 순간에도 나는 지금과 같은 모습으로 너의 곁에 있을 거야. 네가 원하는 만큼의 거리를 둔 채로. 혼자 이겨내는 순간을 침범하지 않을 거고, 네가 고개를 돌렸을 때 한참이나 나를 찾아야 하도록 내버려 두지도 않을 거야. 혼자 방 안에 웅크리고 있어도 괜찮아. 문을 닫고 혼자만의 상념에 빠져도 괜찮아. 대신 하나만 기억해 주라. 네가 언제든 찾아갈 곳이 있다는 것. 우리 사이의 거리는, 벽이 아니라 언제든 건널 수 있는 다리라는 것. 언제, 어떤 모습으로 찾아오더라도 두 팔 벌려 너를 환영할게. 어서 오라고. 많이 기다렸다고. 그렇게 말해줄게.

✳ 나에게 묻고 싶은 질문들

누구나 마음속에 미처 묻지 못한 질문들을 품고 있습니다. 하지만 그 질문들을 마음속에 간직한 채, 지나치며 살아갑니다. 삶의 소란과 일상의 압박 속에서, 쫓아오는 현실을 뿌리치고 나아가느라, 나에게 묻지 못한 질문들. 자신을 향해 던지는 질문 속에는 행복을 향한 열정이 녹아 있습니다. 마음속 솔직한 답변을 읽어 내리며 나만의 행복을 알아가고자 하는 의지가 숨어 있습니다.

저는 자주, 제 안의 답변이 아닌 세상의 답변에만 귀 기울이며 살아온 것 같습니다. 아무리 멋져 보이는 길일지라도, 내가 그 길 위에서 행복하지 않다면 그것은 나의 길이 아닙니다. 사람들이 칭찬을 아끼지 않는 풍경에 속해 있더라도, 발 딛고 선 나의 모습이 나답지 않다면, 그 풍경은 결국 나를 외롭게 만들 뿐입니다. 당신의 고유함을 사랑하세요. 세상의 소음에 귀를 닫고, 당신이 진정으로 행복한 길을 찾아가기를 바랍니다. 그 여정 속에서 때로는 길을 잃고, 방황할 테지만, 그럼에도 당신만의 풍경을 향하는 길을 포기하지 마세요. 남들이 알아주지 않는데 무슨 소용이냐는 생각을 과감하게 버리세요. 타인에게 내 삶의 방향을 내맡기지 마세요. 당신은 어떤 사람으로 세상에 서 있고 싶으신가요. 무엇을 할 때 입가에 미소가 번지며, 무엇을 할 때 스스로를 대견하게 느끼시나요. 무엇을 할 때 심장이 뛰며, 무엇을 할 때 걱정이 사라지시나요. 당신이 가장 가치 있다 여기시는 것은 무엇인가요. 당신은 어떤 시간을 가장 사랑하시나요. 당신 안에 숨겨진 메시지를 들을 수 있으면 좋겠습니다. 누구보다 기쁜 미소로 자신만의 행복을 향하고 있는 당신을 만날 수 있으면 좋겠습니다. 당신의 행복은 어떤 모습인가요. 우리만의 답을 찾아가는 여정이 곧 우리의 삶입니다.

❋ 우리가 어른이 되며 알게 된 것들

어린 시절을 떠나보내고 어른이 되면서 느끼는 가장 큰 깨달음이 있다. 그것은 바로, 우리의 시간이 소중한 사람들과 쓰기에도 턱없이 부족하다는 것이다. 그러므로 어른이 될수록 점점 곁에 머무는 사람이 줄어들게 된다. 서로가 딱히 뚜렷한 잘못을 하지 않았는데도 자연스레 멀어지기도 한다. 간혹 그렇게 멀어진 이들에게 애석한 마음이 들기도 하지만, 이제는 어쩔 수 없는 일임을 안다. 그저 어디에선가 잘 지내고 있기를 바랄 뿐이다. 어쩌면 우리를 멀어지게 만든 것은 그저 '시간'의 한계였을 뿐일 테니까.

새로운 사람을 만나고, 또다시 멀어지기도 한다. 기대와 실망 사이를 이리저리 떠다니기도 한다. 이유 없이 멀어진 관계에 사무치도록 서운함이 느껴질 때도 있다. 그 시간 속에 한참을 머무르게 될 수도 있다. 하지만 그 순간에도 우리는 우리의 삶을 만들어 간다. 그리고 문득, 지나간 사람들로부터 시선을 거두면, 가장 중요한 것들을 발견하게 된다. 내가 아무리 많은 시간을 건네도 아깝지 않은 사람들. 나라는 이유로 기꺼이 자신의 시간을 건네주는 사람들. 그들이 내 삶에 남아 있다는 것을 알게 되는 것이다. 누구나 그렇게 살아간다. 삶이라는 시간의 한계 속에서, 결국 인간이란 자신을 진심으로 사랑해 주는 사람들 틈에서 함께할 수밖에 없음을 깨달으며, 그렇게 우리는 어른이 된다.

2

———————————

내가
기다린 계절은
당신입니다

*

✻ 봄비에 젖다

종종 봄비를 맞으며 걷는다. 우산을 펴지 않고, 그저 보슬보슬 내리는 비를 온전히 맞는다. 폭우처럼 거세지도 않고, 그렇다고 이슬비처럼 희미하지도 않은 봄비. 그저 적당한 속도로, 자신만의 방식으로 내리는 비. 그토록 우직한 봄비가 가끔은 부럽다.

옷자락이 살짝 젖고, 어깨가 조금 무거워진다. 처음 비를 맞으면 찝찝함이 밀려든다. 젖은 채로 거리를 거니는 것이 익숙하지 않아서일까. 불편하다. 하지만 시간이 지날수록 그 불편감마저 봄비에 젖어든다. 오히려 봄비는 내 안의 무언가를 씻어내는 것만 같다. 겨우내 쌓아두었던 무거운 마음들, 단단하게 얼어 있던 감정들이 봄비에 젖어 조금씩 녹아내린다.

변화도 이렇게 오는 걸까. 한순간에 모든 것이 바뀌는 게 아니라, 보슬보슬 내리는 비처럼 천천히 하지만 분명하게. 봄비에 온몸이 젖으면, 마침내 봄비를 닮은 사람이 될까. 서서히 그리고 깊숙이. 오래된 겨울 끝자락에서 조용히 스며드는 봄처럼, 희망도 그렇게 찾아오나 보다. 서두르지 않고, 자신만의 속도로, 그렇게 다가오나 보다.

✳ 완벽한 편안

완벽한 편안함이란 무엇일까. 모두가 그토록 원하지만, 정작 그것은 도달했다 싶으면 달아나 버린다. 잡았다 생각하는 순간 다시 손가락 사이로 빠져나간다. 우리는 그것을 향해 계속 나아가지만, 가까워질수록 그 거리는 오히려 더 멀어지기만 한다. 다가갈수록 더 멀어지고, 잡았다 싶을 때 놓쳐버리는 그 느낌. 언제쯤이면 우리는 편안함이라는 그 섬에 온전히 도착할 수 있을까. 어느 정도의 재산, 어느 정도의 성취, 어느 정도의 사람들로 가득 채워야 비로소 그곳에 닿을 수 있을까. 우리는 잊고 있는지도 모르겠다. 편안이라는 것은 외부의 조건에서 오는 것이 아니라는 사실을. 외부의 바람은 늘 거세고, 파도는 끝없이 변하지만, 내가 서 있는 지금 여기, 나만의 배 위에서, 내 발 아래 물결을 느끼며 내 삶을 있는 그대로 받아들이는 것이야말로 진정한 편안이 아닐까. 어쩌면 편안이란, 세찬 비바람이 불어오는 날에도 내 마음의 돛을 고요히 펼 수 있는 그 작은 힘에서 시작되는 것일지도 모른다.

생각해 보면 이미 나의 일상 속에도 편안이 존재한다. 아침 햇살이 창문으로 스며드는 순간. 누군가와 말없이 함께 걷고, 그저 함께 호흡을 맞추는 것만으로도 충분한 순간. 내가 나인 채로 있을 수 있는 그 모든 순간. 그 모든 작은 평화를 찾지 못한 채 끝없는 갈망 속에서 길을 잃고 있는 건 아닐까. 세상은 계속해서 변화하고, 자꾸만 우리를 원치 않는 곳으로 내몰지만, 그 속에서도 나 자신을 잃지 않고, 내가 걷는 길 위에서 작은 꽃 한 송이를 발견하며 미소 지을 수 있는 그 순간. 바로 그때, 우리는 편안이라는 이름의 꿈에 한 발 더 가까워지게 될 것이다.

* 나는 나라는 뚝심

언제부터였을까요. 별것도 아닌, 아주 사소한 부분들에서조차 타인의 눈치를 보기 시작한 것이. 아무리 떠올려 보아도 그 시절이 명확히 떠오르지 않습니다. 하지만 분명한 것은, 그렇지 않았던 시절이 있었다는 것입니다. 타인의 기준에 맞추려 애쓰지 않고, 나의 마음에 귀 기울였던 시절이 분명 있었다는 것입니다. 아무래도 꽤나 시간을 거슬러 올라가야 할 것 같습니다.

초등학교 시절, 어머니에게 졸라서 티셔츠 한 장을 산 적이 있습니다. 그 티셔츠는 환한 형광색 티셔츠였습니다. 정면에는 무어라고 영어로 적혀 있었던 것 같은데, 그 색깔이 빨간색이었다는 것 말고는 다른 것은 기억나지 않습니다. 저는 그 티셔츠가 참 예쁘다고 생각했어요. 친구들 중 아무도 입지 않은 독특한 색이었거든요. 다음 날 아침, 그 티셔츠를 입고 등교하며 걸었던 경쾌한 걸음이 여전히 떠오릅니다. 하지만 친구들의 반응은 예상 밖이었습니다. 한 친구가 촌스럽다며 짓궂게 놀리기 시작했거든요. 친구들은 그에 동조하며 낄낄거렸답니다. 저는 예상 밖의 반응에 적잖이 당황했지만, 속으로 생각했답니다. '아무래도 좋아, 내가 좋아하는 거니까.' 그리고 고집스럽게 그 티셔츠를 계속해서 입고 학교에 갔어요. 친구들은 자연스럽게 저의 티셔츠에서 관심을 점점 끊기 시작했습니다. 하지만 아마 누군가 계속 놀리더라도 그때의 저는 계속해서 그 티셔츠를 입고 학교에 갔을 겁니다. 어릴 적 저는 꽤나 고집스러운 아이였거든요.

언제부터였을까요. 그 티셔츠가 더 이상 몸에 맞지 않을 즈음부터였을까요. 저의 그런 고집은 점차 흐려졌습니다. 지금의 저는, 누군가 촌스럽다고 놀리는 티셔츠를 계속해서 입고 다닐 용기가 없어진 것 같습니다. 세상의 기준에 발을 맞추는 습관 때문일까요. 타인의 인정을 받기 위해 노력했던 지난 시절들이 나만의 색깔을 잃게 만든 것일까요. 그런 생각을 하면 조금은 슬퍼집니다. 어쩌면 타인에게 사랑받고 싶다는 마음이, 저만의 고유한 의미들을 지워버린 것만 같아서요.

요즘 저는 가끔, 그 시절의 저를 떠올립니다. 누가 뭐라 해도 고집스럽게 형광색 티셔츠를 입고 등교했던 그때 그 시절의 아이처럼, 때로는 고집스럽게 저만의 색깔을 지키고 싶다는 생각이 들기 때문입니다. 그 시절을 떠올리면 소멸되었던 용기가 조금씩 고개를 드는 것만 같습니다. 어린아이에게도 배울 점이 있다는 옛 어른들의 말은, 정말로 틀린 말이 아닌 것 같습니다.

세상엔 많은 기준들이 넘쳐납니다. 멋진 사람들을 SNS를 통해서 언제든지 접할 수 있습니다. 사람들은 저마다의 삶을 살아가면서도 긴밀하게 연결되어 있습니다. 그런 이유로 세상의 기준들도 전부 천편일률적으로 변해가는 것만 같습니다. 물론 그 기준들에 부합하고자 노력하는 것도 정말 멋진 일입니다. 하지만 그런 기준만이 전부라고 생각한다면, 우리는 전부 순위가 매겨지고 말겠지요. 기준에 부합한 사람과 부합하지 못한 사람으로 나뉘어 버리고 말겠지요. 그런 삶은 어쩐지 씁쓸하다는 생각이 듭니다. 기준에 부합하지 못했다는 단 한 문장만으로 정의 내리기엔, 우리 모두는 각자 고유한 색깔을 가진, 저마다의 특별한 사람들이니까요.

문득 궁금해집니다. 여러분들은 그런 것이 있으신가요. 남들이 뭐라 해도 흔들리지 않을, 어느 누구도 침범할 수 없다고 굳게 믿고 있는, 여러분만의 굳건한 뚝심을 가지고 계신가요. 그게 무엇이든, 잘 지켜나가셨으면 좋겠습니다. 누가 뭐래도 흔들리지 않고, '누가 뭐래도 이게 나니까'라고 외치면서, 당당하게 나아가셨으면 좋겠습니다. 그렇게 살다보면 남들의 시선에 흔들리지 않는, 다른 누구의 빛이 아니라 나만의 빛을 더 멋지게 가꾸어 가는 스스로를 발견하게 될지도 모르니까 요. 우리들은 모두 저마다의 빛을 지닌 특별한 존재입니다. 당 신도 나도, 그렇습니다. 세상은 그렇게 다양한 색으로 빛날 때, 가장 아름답다고 믿습니다.

✳ 완벽한 사람

완벽한 사람은 없고,
사람은 누구나 장단점이 있다.

하지만 누군가는 단점만을 바라보고
돌아서는 반면,

누군가는 상대의 장점이
얼마나 귀한 것인지를 안다.

단점이 발견되는 순간
그간 보여줬던 장점들을
전부 잊어버리는 사람도 있지만,

장점을 기억한 채
단점을 사랑스럽게 바라보는 사람도 있다.

오랜 시간 함께하며,

하나의 단점도 드러나지 않는 사람은 없다.

중요한 것은 그러한 단점을

품어주려는 마음이다.

그리고 상대 또한

나의 단점을 품어주고 있다는 사실을

잊지 않는 것이다.

✳ 좋은, 동행

　당신에게 좋은 영향을 주는 사람이고 싶다고, 그렇게 말하는 사람에게는 감동이 있다. 자신의 삶을 돌아보고 타인과의 관계를 성찰하는 사람만이 할 수 있는 말이기 때문이다. 서로에게 더 좋은 삶을 선물하는 관계를 꿈꾸는 이는 자신의 성장도 놓치지 않는다. 그들에게 관계란 단순히 즐거운 순간만을 위한 목적이 아니라, 끊임없이 성장하려 노력하는 여정의 동행이다. 그들은 관계가 서로의 잠재력을 일깨우는 울림이 될 수 있다는 것을 알고, 그러므로 고난의 순간에도 기꺼이 자리를 지킨다. 타인의 성장을 기뻐할 줄 아는 마음은 얼마나 아름다운가. '우리'를 위해 '자신'의 그릇을 넓히려 애쓰는 사람. 다른 이의 삶을 진심으로 응원하는 사람. 그런 사람과 함께할 때면 나 또한 좋은 사람이 되고 싶어진다. 서로에게 좋은 영향을 주고받으며 원하는 삶을 만들어 가는 것. 그것이야말로 진정한 관계의 아름다움이 아닐까. 인생이란 혼자만의 여정이 아니다. 진정한 동행은 서로의 모든 발걸음을 애정하는 것이다.

✴ 다양한 기둥들

나를 지탱하는 것들을
많이 두어야 한다.

하나에 의존하다 보면
작은 흔들림에도 무너지기 마련이다.

마음을 나눌 수 있는
다양한 사람들을 곁에 두는 것.

가벼운 농담으로
무거움을 환기시킬 수 있는 사람과
시간을 보내는 것.

좋아하는 취미를 가지고,
언제든지 찾을 수 있는 나만의 쉼터를
마련해 두는 것.

건강한 일상을 유지하는 사람은
자신의 균형을 유지할 수 있도록
다양한 기둥을 세운다.

건강한 기분이,
굳건한 마음이
의지만으로 되는 일이 아니라는 것을
알기 때문이다.

✳ 시절을 함께한 사람들에게

시간이 흐를수록 소중해지는 사람은,
나를 어느 한 시절로 데려가 주는 사람이다.

고된 회사 생활로 굳어버린 나의 표정을,
어린 시절의 장난기 섞인 표정으로 바꿔주는 사람.

괜찮지 않음에도 괜찮은 척 일상을 살아내던
나의 가면을 벗겨주는 사람.

때로는 바보처럼 신난 모습을 보여도,
때로는 아이처럼 눈물 쏟아도,
괜찮다고 말해주는 사람.

나를 지키기 위해 만들어 온 껍데기를 벗어던지고,
가장 나다운 모습으로 서 있을 수 있도록
만들어 주는 사람.

그렇게 나의 소중한 시절을
지켜주는 사람.

시간은 인연을 멀어지게 하고
추억을 흐릿하게 만들지만,
어떤 인연은 그 속에서 더욱 선명하게 피어난다.

서로를 진심으로 아껴주던 마음과
그때의 따스했던 온기가
여전히 자리를 지킨다.

각자의 자리에서 치열하게 살아가느라
서로를 자주 마주하진 못해도,

힘들 때면 떠올리게 되는 목소리가,
기쁠 때면 가장 먼저 전하고 싶은 얼굴이 있다.

세월이 쌓여도
변치 않는 것들이 있다.

✳ 모두에게 좋은 사람이 되지 않아도

어릴 적에는 이런 생각을 하곤 했습니다. 모든 사람에게 좋은 사람이 되어 사랑받고 싶다고. 누구든 나를 좋아하도록 만들고야 말겠다고. 하지만 시간이 흐를수록 그것은 불가능한 것이라는 사실을 점차 깨닫게 되었습니다. 최선을 다했음에도 나를 부정적으로 평가하는 사람들이 있었고, 진심을 전했음에도 나에 대해 안 좋은 시선을 보내는 사람들이 있었기 때문입니다.

살다보면 누구나 그런 사람을 만나게 됩니다. 이유 없이 나를 미워하는 사람. 나의 진심을 가볍게 여기는 사람. 그런 사람들을 겪으며, 우리는 스스로를 의심하고, 때로는 나 자신이 좋은 사람이 아니라는 생각을 갖곤 합니다. 하지만 돌이켜 보면 제가 상처받은 이유는 나를 바라보는 사람들의 시선 때문이 아닌, 모든 사람에게 좋은 사람이 되어야만 한다고 생각한 나 자신 때문인지도 모르겠습니다. 누구에게도 미움 받고 싶지 않은 마음이, 나를 더욱 힘들게 한 것인지도 모르겠습니다.

　모두에게 좋은 사람이 되고 싶다는 생각 때문에 정작 나 자신에게는 좋은 사람이 되어주지 못했던 시절. 가깝지 않은 사람들을 의식하느라 가까운 사람들에게 진심을 전하지 못했습니다. 모든 사람에게 좋은 사람이 되려고 노력하는 대신, 나를 소중히 여겨주는 사람들에게 좋은 사람으로 머무를 수 있도록 노력하는 것. 누군가가 나를 이유 없이 미워하더라도, 그 사람의 시선이 전부가 아니라는 사실을 잊지 않는 것. 나라는 사람이 누군가에게는 마음이 가지 않는 사람일 수 있지만, 누군가에게는 삶의 끝까지 함께 걷고 싶은 사람일 수 있다는 것. 모든 사람에게 좋은 사람이고 싶은 욕심을 내려놓는 것이야말로 나에게 편안을 선물하기 위해서 꼭 명심해야 할 마음가짐 아닐까요.

나를 몰라주는 사람들이 존재한다고 해서, 나를 소중히 여겨주는 사람들이 사라지는 것은 아닙니다. 나의 진심을 누군가 자신만의 판단으로 단정 짓는다고 해서, 나의 사랑스러운 면모가 사라지는 것도 아닙니다. 스스로를 의심할 필요 없습니다. 서로를 깊숙한 마음까지 이해할 수 있는 좋은 사람들이 함께하는 한, 누구보다 떳떳하게 세상을 향해 나아가고 있는 나 자신이 존재하는 한, 충분히 행복할 수 있을 테니까요. 모두에게 좋은 사람이 되지 않아도 괜찮습니다. 나를 소중히 여겨주는 사람에게, 지금껏 잘 해내온 나 자신에게 좋은 사람이 되어주려 노력하는 당신이야말로, 이미 충분히 좋은 사람입니다.

✱ 좋은 사람과 함께한다는 것

좋은 사람과 함께하는 것만으로
우리는 변화한다.

나 또한 더 좋은 사람이 되고 싶어지고,
더 따뜻한 사람이 되고 싶어진다.

있는 그대로의 나의 모습을
사랑하게 되고,
일상을 더 큰 행복으로
물들이고 싶어진다.

사소한 배려 속에
깊은 마음이 묻어 있는 사람.

행복을 향해 함께 고민하게 되는 사람.

더 나은 삶을 만들어 갈 수 있다는
확신을 전해주는 사람.

나 또한 그런 사람이 되어 같은 마음을
전해주고 싶어지는 사람.

좋은 사람이란 그런 사람이 아닐까.

✳ 인연의 끝에서

인연이 끝나더라도 좋은 기억으로 남은 사람들은 그런 사람들이었다. 다름을 인정하고 맞춰가려 노력했던 사람. 회피하지 않고, 자신의 잘못을 인정할 줄 아는 사람. 함께하는 시간 동안 같이 행복하기 위해 노력했던 사람. 있는 그대로의 모습을 존중할 줄 아는 사람. 받는 것보다 주는 것을 기뻐하던 사람. 인연에 대한 예의를 지킬 줄 아는 사람. 문득, 고마웠던 순간들이 떠오르는 사람. 끝내 함께하지 못했다고 해서 모든 인연이 의미 없던 것이라 생각하지 않는다. 서로에게 배움이 되었고, 서로의 삶에 좋은 영향을 주었으므로. 함께한 순간마다 진심을 다했고, 그때의 마음만큼은 거짓이 없었으므로. 시간이 흘러 각자의 자리에서 더 나은 사람이 되어 있다면, 그것으로 충분하지 않을까.

모든 인연이 영원할 수는 없다. 때론 서로의 방향이 달라지기도 하고, 서로의 다름을 확인하고 끝내 각자의 길을 택할 수도 있다. 하지만 그것이 그동안의 시간을 무의미하게 만들지는 않는다. 서로를 이해하려 노력했던 순간들, 차이를 인정하며 맞춰가려 했던 시도들, 갈등 속에서도 관계를 지키려 했던 마음들. 그 모든 것들이 지금의 나를 만들어 주었음을 알고 있기 때문이다. 그래서 나는 끝난 인연의 흔적 위에 살며시 응원이라는 단어를 올린다. 그들과 나눈 시간이 헛되지 않았음을 알기에. 서로의 삶에 잠시라도 빛이 되어주었음을 알기에. 그리고 그 모든 순간들이 우리를 더 나은 사람으로 만들어 주었음을 믿기에.

인연의 길이보다 중요한 것은, 그 안에 담긴 진심의 깊이다.

✳ 혼자가 되어보자

사무치도록 혼자가 되어보자. 사람에 너무도 상처받아서 더 이상 쓸 만한 마음이 남지 않았다면, 내가 아닌 누군가의 마음에 귀 기울이는 일이 짐처럼 느껴진다면, 가만히 숨죽인 시간 속에 머물러 보자. 고요 속에서 그간 살피지 못했던 나의 마음을 하나 둘 손가락으로 헤아려 보자. 그리고 그때 그 마음 위에 다른 문장을 살포시 얹어보자. 한 시절이 자리를 뜨면 사람의 마음에는 저마다의 흔적이 남는데, 그 흔적 위에 우리는 얼마든지 새로운 것들 덧입힐 수 있다. 그렇게 새로운 문장으로 마음을 채워가는 시간 속에서, 우리는 저마다의 색으로 무르익는다. 혼자서 오롯이 서 있는 사람은 아름답다. 묵묵히 혼자를 견뎌내고 있는 사람에게서만 들리는 '서걱' 소리가 있다. 굳건하고 맑은. 하지만 결코 가볍지 않은 소리. 고독 속에서도 덤덤하게 무언가를 써 내리고 있는 소리. 그래서 나는 그런 사람을 만나게 되는 날이면, 마음에 무엇을 적어 내리고 있는지를 사무치도록 묻고 싶어지는 것이다.

혼자를 두려워하지 않기를.

혼자서도 세상 속에 당당히 발 딛고 설 수 있음을 믿기를.

혼자의 시간을 위태로운 외로움으로 치부하지 않기를.

내가 무르익는 시간.

내 마음속 메모를 채워가는 시간.

그 시간을 사랑하기를.

혼자는 위태로움이 아니다.

혼자는 나를 채워가는 충만의 시간이다.

✳ 묵묵한 헌신

　건강한 마음은, 거대한 행위보다 작은 움직임들로 인해 지켜진다. 위대한 깨달음이나 극적인 변화가 아닌, 매일 반복되는 사소한 행위들이 우리를 온전하게 하는 것이다. 방을 정돈하고, 운동을 하고, 마음을 기록하고, 건강한 식사를 하는 것. 어쩌면 사소해 보일지 모를 이 모든 움직임들이 모여 우리의 마음을 맑게 한다. 삶의 가치는 때로 가장 소소한 곳에 스며 있다. 마음을 지키는 힘도 그렇다. 가장 사소해 보이는 것들이 결국 우리를 가장 단단하게 만드는 힘이 된다. 하루하루 쌓여가는 작은 행위들이 결국에는 우리 삶을 떠받치는 기둥이 된다. 꾸준함이란 나의 내면을 향한 가장 묵묵한 헌신이다.

✳ 불안을 미워하지 않으리

한 번뿐인 나의 삶을
더욱 멋지게 만들어 가고 싶은 때

문득 함께하게 된 누군가와
진정 아름다운 관계로 거듭나고 싶은 때

내가 선택한 이 길을
후회 없이 걸어내고 싶은 때

세상 속 스스로의 가치를
온전히 증명해 내고 싶은 때

마음속에 해낼 수 있다는 강렬한 희망이
가득 차오르는 때

불안은 슬며시 우리의 마음 구석에
자리를 잡는다

어쩌면 불안은 희망의 친구이며
해내고야 말거라는 열정의 이면이다

삶을 향한 애정이 없으면
삶이 불안하지 않을 것이고

행복을 향한 간절한 희망이 없으면
불안은 찾아오지 않을 것이다

그러므로 이제는
불안을 너무 미워하지 않으리라

내가 만들어 갈 삶을 향한 희망과 애정의
다른 얼굴임을 받아들이며

때로는 불안이 찾아와
마음을 흔들어 놓더라도
그것은 내가 여전히
삶을 사랑하고 있다는 증거임을 믿으며

조용히 불안에게
내 마음 구석 작은 자리 하나 내어주리라

흔들리는 마음을 다독이며
그렇게 내 삶의 자리를 지켜가리라

✳ 작은 것에도 감사할 줄 안다는 것

작은 것에도 감사할 수 있는 사람을 곁에 두면
나까지 행복해진다.

반면 매사에 불평불만만 늘어놓는 사람과 함께하면
내 마음까지 부정적인 기운으로 차오른다.

성숙한 사람은
우리가 주고받는 영향에 대하여 알고 있다.

그러므로 불평보다는 감사한 것들을 나누고,
한 번 더 웃을 수 있는 시간을 선물하고자 노력한다.

작은 것에도 감사할 수 있는 사람은,
작은 것에도 행복할 수 있는 사람이다.

그리고 그런 작은 행복들이
인생에서 가장 중요한 가치라는 사실을
알고 있는 사람이다.

주변을 그런 행복으로 물들이는 사람이다.

✳ 푸르른 날들

동네 중학교를 지나다가
문득 걸음을 멈춘다
선이 그어진 운동장에서
희망이라는 트랙 위를 달리는 아이들
바람에 흔들리는 하얀 셔츠가 반짝이고
학생들의 응원소리가 울려 퍼진다
저런 적이 있었지
나도 저렇게 달렸었지
태양이 뜨거워도 다리가 아파도
포기하지 않았던 그때
너나없이 달리던 우리들
젖은 이마에 흐르는 땀방울도
반짝이는 눈동자로
서로를 바라보던 우리도
지금은 어디에 있을까

그토록 아름다운 나의 푸르른 날들

문득 하늘을 올려다본다

여전히 그때처럼 하늘은 푸르다

주먹을 불끈 쥔다

나도 아직 잘 달릴 수 있는데

그렇게 중얼거리다가

피식 웃음이 새어 나온다

세월은 흘렀지만

내 안에도 여전히

달리고 싶은 마음이 있다는 것을

확인한 오늘

여전히 아름다운 나의 푸르른 날들

✳ 귀하게 여기면 정말로 귀해져요

반복되는 일상 속에서 종종 익숙함에 안주해 소중한 것들을 당연하게 여기곤 합니다. 그러나 잠시 멈추어 서서 주위를 둘러보면, 그 모든 것이 얼마나 귀한지 깨닫게 됩니다. 사랑하는 사람의 미소, 따뜻한 한 끼 식사, 주위의 사람들과 나누는 소소한 대화, 집에 도착하면 꼬리를 흔드는 강아지, 좋아하는 음악을 들을 때면 번지는 나만의 감정, 그리고 서툴지만 굳세게 살아가고 있는 나 자신까지.

주어진 것들을 귀하게 여긴다는 것은, 단순히 감사함을 느끼는 것을 넘어 삶의 태도를 바꾸는 일입니다. 매 순간이 한 번뿐인 선물임을 깨닫는 것. 지금 이 순간 내가 숨 쉬고, 걷고, 생각하고, 느끼는 모든 것이 특별한 의미를 지닌다는 것을 이해하는 것. 귀하게 여기는 마음은 세상을 바라보는 시각을 바꿉니다. 일상의 모든 것들은, 무심코 지나치면 그저 평범한 풍경이지만, 하나하나 들여다보면 저마다의 고유한 아름다움을 지니고 있습니다. 우리가 당연하게 여기는 것들도 마찬가지입니다. 그것들을 귀하게 여기는 순간, 평범했던 일상은 특별한 의미를 띠기 시작합니다. 우리 삶의 진정한 행복은 무언가를 귀하게 여기는 순간을 얼마나 많이 만들어 내느냐에 달려 있는지도 모릅니다.

귀하게 여기면, 정말로 귀해집니다. 우리가 가진 것들, 사랑하는 사람들, 그리고 나 자신까지도. 당신의 삶이 더 많은 사랑과 행복으로 가득 차길 바랍니다. 오늘도, 작은 것들 속에서 소중함을 발견하게 되는 하루이길 바랍니다. 당신은 귀한 사람입니다. 당신이 그렇게 여기기 시작하는 순간부터 말이죠.

* 좋은 사람을 곁에 두어야지

좋은 사람을 곁에 두는 것이 중요한 이유는,
누구와 함께하느냐에 따라
나 또한 달라지기 때문이다.

우리는 그렇게 영향을 주고받는다.

다정한 사람과 함께하면
다정함이 전염되고,

단단하게 살아가는 사람 곁에서
단단함을 배운다.

반대의 경우로,
부정적인 사람의 곁에 있다면
어느새 내 마음도 부정적인 기운으로 물든다.

그러니까,

내게 좋은 사람과 함께하는 시간을 선물하자.

나를 아프게 하는 인연을

놓아줄 용기를 품자.

온전한 기쁨으로 삶을 수놓을 수 있도록.

맑은 숨결로 삶을 채색할 수 있도록.

서로의 존재가 선물이 되고

서로의 삶을 꽃피우는 존재로 삶에 스며드는

아름다운 동행.

고귀한 인연.

✳ 아픔이라는 파도

시간이 흐르면 괜찮아질 거라는 말이 쉽게 위로라는 이름으로 다가오지 않는 순간이 있다. 끝나지 않을 것만 같은 아픔 앞에서 옴짝달싹할 수 없을 것만 같은 순간. 시간이 너무나 더디게 흐르고, 때로는 멈춰버릴 것만 같은 순간. 시간이라는 말로는 결코 해결되지 않는 마음의 구멍이 있다는 것을, 나는 안다. 하지만 시간은 그저 흐르는 것이 아니다. 시간은 아픔과 만나 끊임없이 우리를 사유하게 하고, 그로 인해 내 마음속 어떤 부분을 단단하게 변화시킨다. 누구나 아픔이 스치고 지난 마음에 시간이라는 약을 발라 새로운 싹을 틔울 힘을 갖고 있다. 그렇게 아픔을 겪은 우리는 더 나은 내가 되어 그 모든 순간들을 새로운 눈으로 바라보게 된다. 시간이 흐르면 괜찮아질 거라는 말이 멀게만 느껴질지라도, 그 시간을 견뎌내며 변해갈 자신을 믿을 수 있다면, 시간이 가져다주는 기적에 대해 조금은 알게 될지도 모른다. 누구나 아픔이라는 파도를 만난다. 하지만 어떤 파도도 결국은 시간과 함께 부서지기 마련이다. 아픔은 부서지고, 우리는 더 나은 내가 되어 그 아픔을 넘어간다. 지금 나의 마음을 제멋대로 휘젓는 아픔 역시 시간을 머금고 서서히 부서질 것이다. 언젠가는 반드시 우리를 단단하게 만든 하나의 기억으로 삶에 스며들 것이다. 가끔 떠올리더라도 걸음을 멈추지 않을 수 있는, 결코 지금의 나를 바꿀 수 없는 '과거'로 남을 것이다.

✳ 새로이 채우기 위한 시작

비워야 한다는 것을 알면서도 비우지 못했다. 나를 아프게 하는 관계, 지나친 욕심, 완벽해야 한다는 강박, 타인의 인정, 놓지 못한 미련. 다음 챕터로 나아가지 못하게 붙잡고 있던 모든 감정들. 그때 나는 왜 그렇게 붙들고 있었을까. 무엇이 그토록 두려웠을까. 지금 돌이켜 보면, 그때의 나는 그저 모든 것을 손에 쥐고 있어야 한다고 생각했던 것 같다. 나 자신이 무너져 버릴 것 같아서. 놓아버리면 나 자신이 아무것도 아닌 것만 같아서. 마치 그 모든 것들이 나의 정체성을 결정짓는 전부인 양 움켜잡았다. 그러나 나를 무겁게 만들었던 건 오히려 내가 억지로 붙잡고 있는 것들이었다. 그것들이 오히려 나를 짓눌렀다는 걸, 왜 그때는 알지 못했을까. 그때 나는 두려움 때문에 비워내지 못했지만, 이제는 알 것 같다. 그 두려움이, 비워진 자리를 다시 채울 수 있다는 가능성을 보지 못하게 했다는 걸.

비워낸다는 것은 용기가 필요하다. 비워져 있는 시간을 견뎌야 하기 때문에. 하지만 비운다는 것은, 무언가 사라졌다는 뜻만은 아니다. 그것은 다른 무언가를 채울 수 있는 공간을 나 자신에게 선물한다는 뜻이고, 그러므로 진정 원하는 곳을 향해 나아갈 수 있다는 의미다. 공허함을 견디고 나면, 내 마음을 가득 채우고 싶은 새로운 것들이 날아들 것이다. 그러니 너무 두려워하지 않아도 괜찮다. 우리는 그렇게 진정 채우고 싶은 것들을 알아가는 것이다. 비워낸다는 것은 새로이 채우기 위한 시작의 걸음이다.

✳ 매일 다른 보폭

언제나 같은 마음가짐으로, 같은 보폭으로, 흔들림 없이 나아갈 수 있다면 얼마나 좋을는지. 하지만 나란 사람은 그 정도의 강인함을 지니지 못했는지, 자주 흔들리는 스스로를 발견하곤 한다. 어제는 분명 자신감으로 가득 차올랐는데, 오늘은 힘이 쭉 빠져서는 맥없이 걷는다. 내일은 오늘보다 더 자신감을 잃고 어깨까지 축 늘어질지도 모른다. 걸음의 보폭이 마음에 안 들어 좌절할 수도 있다. 하지만 이전과 다른 점이 있다면, 이제는 이런 모든 순간들이 그저 하나의 흐름에 지나지 않음을 알고 있다는 것이다.

내일도 힘 빠진 걸음을 옮기게 될 수도 있지만, 모레는 더욱 당차게 걷게 될지도 모른다. 무엇이든 해낼 수 있다는 자신감이 갑작스레 차오를지도 모른다. 매일을 같은 마음가짐으로, 같은 보폭으로 나아갈 수는 없는 것이다. 우리는 모두 그렇게 살아가는 것이다. 어쩌면 우리가 할 수 있는 일은, 하루하루를 최선을 다해 소진하는 것뿐이다. 오늘의 걸음이 다소 밋밋했을지라도, 겨우 한 발짝밖에 나아가지 못했을지라도, 그런 스스로를 용서하고 보듬어 줄 수 있는 지혜를 머금는다면, 우리는 매일 달라진 스스로를 발견할 수 있다.

매일이 햇살 같지 않아도 괜찮다. 어제의 나와 오늘의 내가 너무도 다를지라도, 결국 나아가고 있다는 것이 중요한 것이다. 그럼에도 불구하고 삶을 만들어 가고 있다는 사실이 아름다운 것이다. 매일 다른 나. 가끔은 서투르고 부족한 나. 그리그 그 모든 나를 아우를 수 있는, 또 다른 내가 있음을, 이제는 안다.

✳ 다시 시작하기 위한 준비

작은 일상의 움직임조차 버거워지는 날들이 있다. 평범한 하루의 작은 일들도 크게 느껴지고, 무언가를 시작하려 해도 첫 걸음이 유독 무겁게 느껴지는 날. 하지만 그런 순간들은 우리 모두에게 찾아오는 자연스러운 시간이다. 마음이 잠시 쉼표를 찍고 싶어 하는 것, 모든 것을 잠시 멈추고 싶어 하는 것, 그것은 잘못이 아닌 우리 삶의 한 부분이다. 마음이 잠시 숨을 고르고 있는 것이다. 그동안 견뎌온 시간들이, 버텨온 순간들이 이제야 휴식을 청하는 것이다. 그러니 그 마음을 있는 그대로 바라보아 주었으면 한다. 당신의 마음이 잠시 쉬어가고 싶어 하는 것뿐이니까. 때가 되면 다시 일어설 수 있을 것이다. 쉼은 결코 멈춤이 아닌, 다시 시작하기 위한 준비일 뿐이다. 스스로를 너무 다그치지 말자.

✳ 쉼터

지친 일상 속 쉼터가
되어주는 사람이 있다는 것은
정말이지 선물 같은 일임을 느낀다.

그런 사람이 쉬이 얻어지는 것이
아니라는 것을 알기 때문이다.

언제든 변함없는 편안함을 주는 사람.

특별할 것 없는 일상 속 이야기를
거리낌 없이 나눌 수 있는 사람.

언제든 나를 믿어준다는 사실에
한 치의 의심도 들지 않는 사람.

늘 그 자리에 있어서
때로는 당연하게 여기곤 했다.

바쁘다는 핑계로
전하지 못한 마음도 많았다.

그러다 문득,
잠시라도 그 사람이 없다고 생각하면
마음이 무너져 내린다.

그제야 나는 깨닫는 것이다.
그 사람의 존재가 소리 없이 채워주고 있는
내 일상의 순간들을.

왜 나는 늘 바보처럼,
사라진 상태를 상상해야만
소중한 존재를 향한 당연함을 지워낼 수 있는 걸까.

늘 소중히 여기고 싶다.
당연하게 여기고 싶지 않다.

언제나 그 자리를 지키고 있는 편안함이,
내게 얼마나 많은 용기를 주고 있는지,
끊임없이 되새기고 싶다.

언제든지 찾아갈 수 있는 쉼터는,
그곳에 존재하는 것만으로도
나를 살아가게 한다.

✳ 우리가 선택할 수 있어요

    긍정이 맥을 못 추는 순간이 있지. 부정에게 자리를 내어
주는 순간. 인간의 내면은 무엇으로 이루어졌길래, 계속해서
다툼을 벌이는 걸까. 전부 끌어안고 싶다는 생각이 들다가도,
다 필요 없다고 여겨진다. 끝내 사랑을 좇다가, 더 이상 사랑을
믿지 않기로 다짐한다. 나만의 의미를 부여하며 뜨겁게 살아가
고 싶다가도 전부 의미 없다고 여기기도 한다. 이런 생각들이
차오를 때면, 늘 전화를 걸게 되는 친구가 한 명 있다. 누구보
다 긍정적인 친구. 내면의 투쟁 속에서 끝내 부정에게 자리를
내어주지 않는 친구. 늘 맑은 웃음이 담긴 목소리로, 무엇이든
다 괜찮다는 듯, 반겨주는 친구. 그 친구의 내면이 문득 궁금
해져 물으니, 녀석은 재미있는 이야기를 해준다. 아메리카 인디
언 체로키족에 전해 내려오는 이야기다.

    옛날 옛적, 체로키족의 한 마을에 지혜롭고 나이가 많은
노인이 살고 있었어. 그는 늘 마을 사람들에게 지혜로운 말을

들려주며 그들의 삶을 덥혀주었지. 그러던 어느 날, 그의 어린 손자가 찾아와서 물었어.

"할아버지, 제 마음이 너무 혼란스러워요. 때로는 누군가에게 화가 나고 질투심이 생기기도 하고, 또 다른 때는 사랑과 친절을 느껴요. 대체 왜 이런 건가요?"

노인은 잠시 미소를 지으며 손자를 가까이 불렀어. 그리고 조용히 말했지.

"우리 마음속에는 두 마리의 늑대가 항상 싸우고 있단다."

손자의 눈은 커졌어.

"두 마리의 늑대요? 어떤 늑대들이에요?"

"한 마리의 늑대는 어둠의 늑대란다. 이 늑대는 분노, 열등감, 거짓, 시기, 불신, 절망, 후회, 교만, 슬픔, 비교심, 아집을 상징하지."

손자는 고개를 끄덕이며 듣고 있었어. 할아버지는 나지막한 목소리로 말을 이어갔어.

"그런데 다른 한 마리는 빛의 늑대야. 이 늑대는 연민, 용기, 평화, 진실, 희망, 이해, 겸손, 믿음, 친절, 사랑을 상징한단다."

손자는 잠시 생각에 잠기더니 이내 할아버지에게 물었어.

"어떤 늑대가 이기나요?"

노인은 잠시 손자의 눈을 바라보다가 옅게 미소 지으며
말했어.

"네가 먹이를 주는 쪽이 이긴단다."

살다보면 끝까지 자신의 긍정을 지켜내는 사람들을 종종
만나게 된다. 어릴 적에는 그런 사람들의 삶에 그다지 힘든 일
이 없으므로 그럴 수 있는 것이라 여기기도 했다. 하지만 결코
그런 삶은 없는 것이다. 그들은 힘겨운 상황 속에서도 희망을
잃지 않는다. 어쩌면 내면에 존재하는 두 마리 늑대의 투쟁을
받아들이고 끝내 승리해 내는 사람들이기 때문일 것이다. 마
음이 혼잡할 때, 부정적인 생각들이 자꾸만 고개를 치켜들 때,
나에게 여전히 할 수 있는 것이 있음을 잊지 않고 싶다. 우리
는 어떤 늑대에게 먹이를 줄 것인지 선택할 수 있다. 그러므로
우리의 긍정은 충분히 강하다.

✳ 반짝이는 녀석들

여름밤, 캠핑을 떠나 숲속에 앉아 있으면 반딧불이들이 어둠 속에서 하나둘씩 깨어난다. 처음에는 희미하게, 마치 별들이 땅으로 내려온 것처럼 점점이 피어나다가, 이내 그들만의 축제가 시작된다. 어떤 녀석은 빠르게 번쩍이고, 어떤 녀석은 천천히 속삭이듯 빛난다. 달빛도 닿지 못하는 깊은 풀숲 사이로, 그들은 마치 서로를 향해 자랑하듯 빛을 내뿜는다.

봐, 내가 더 밝아.

아니야, 내 빛이 더 특별해.

마치 이런 대화를 나누는 것만 같다.

그들의 춤사위를 바라보다 문득, 내 안의 빛을 생각한다. 나에게도 누군가에게 보여줄 수 있는, 아니 보여주고 싶은 나만의 고유한 빛이 있을까.

반딧불이들이 내뿜는 빛의 주파수는 모두 다르다는 이야기를 들은 적이 있다. 각자 다른 속도로, 다른 리듬으로 빛을 낸다고. 어느 하나도 같은 주파수로 빛나지 않는다고. 그리고 그 미세한 차이를 통해 자신의 짝을 알아본다고.

그렇게 믿어본다. 지금 이 순간에도 수많은 반딧불이들이 각자의 빛으로 이야기하듯, 우리도 모두 각자의 방식으로 빛나고 있는 거라고. 어둠이 깊어질수록 반딧불이들의 빛이 더욱 선명해지듯, 나 또한 힘든 순간을 지날 때 내면의 빛이 더욱 또렷해지는 거라고. 그들은 결국 자신과 같은 주파수를 가진 누군가를 만나 더 밝은 빛을 만들어 낸다. 반짝이는 녀석들을 보며 새로운 희망을 품는다. 나도 분명 나만의 주파수로 빛나고 있을 테니, 언젠가는 그 빛을 알아봐 줄 누군가가 있을 거라고. 어둠 속에서도 서로를 찾아가는 반딧불이들처럼, 우리도 언젠가 그렇게 서로를 알아보겠지. 각자의 빛을 알아보고, 서로의 주파수를 이해하며, 함께 더 밝은 빛을 만들어 가겠지. 그때까지 나는, 나만의 주파수로 조금씩 더 밝게 빛나고 있을 거야. 이 숲속의 반딧불이들처럼, 내 안의 빛도 언젠가는 누군가에게 작은 희망이 되기를 바라는 초여름.

✳ 나다운 모습으로

    종종 나는 타인의 눈에 비치는 모습에 집착하곤 했다. 그러다보면 누군가의 기대에 맞추기 위해, 내가 아닌 내가 되어버린다. 점점 더 내 안의 진짜 나를 잃어버리게 된다. 남들이 원하는 모습으로 나를 꾸미고, 그 기대에 부응하기 위해 애쓰는 과정, 그 과정은 서서히 진정한 나의 모습을 지워간다. 남들이 사랑해 주지 않을 것 같은 모습을 뒤로 숨기고, 그들이 좋아하는 모습만을 내보이게 되는 것이다.

    진정 나다운 모습이 무엇인지 오랫동안 생각했다. 타인의 기준에 맞추려 애쓰는 동안 나는 얼마나 많은 것을 잃어버렸을까. 불완전하다는 이유로 숨겨두었던 나의 모든 모습들, 그것들은 사실 내 삶의 가장 진실된 순간들이었다. 부족해도 괜찮고, 불완전해도 좋다. 그런 모든 모습이 나의 일부이며, 그 자체로 아름다움을 지니고 있다. 이제는 그 모든 것을 온전히 받아들이고 싶다. 누군가의 기준에 맞추려 애쓰는 대신, 내 안의 목소리에 귀 기울이고자 한다. 내 감정과 생각을 존중하고, 내 삶의 모든 순간들을 있는 그대로 바라보려 한다. 타인의 시선에 휘둘리지 않고, 나의 불완전함까지도 사랑하는 법을 배우고 있다.

다양한 모습의 나를 포용할 줄 알고, 내 안의 모든 면을 받아들이는 것, 그것이 곧 나를 온전히 사랑하는 길이 된다. 진정한 나를 드러내고, 나를 이해하고, 나를 존중할 때, 나에게 맞는 사람들도 자연스레 내 곁에 머문다. 있는 그대로의 나의 모습을 내가 먼저 소중히 여길 때, 그 모습을 소중히 여겨주는 이들을 만날 수 있다. 그들은 나의 진정한 모습을 보아주고, 나와 함께 숨 쉬며 나를 응원할 것이다. 그때 비로소 우리는 서로의 진실된 모습을 마주하고, 진정한 관계를 만들어 갈 수 있으리라.

세상의 기준에 맞추어 내 모습을 감추는 건, 마치 아름다운 꽃이 진흙 속에 묻혀버리는 것과 같다. 그 꽃은 본래의 빛깔과 향기를 잃고, 결국 그 존재 자체를 의심하게 된다. 누군가의 시선에 따라 내 모습이 조정되고, 남의 기대에 맞춰 내 가치를 측정하려 할 때, 우리는 점점 더 내 안의 진정한 나를 잃어버린다. 세상이 내게 기대하는 모습이 아닌, 내가 진정으로 원하는 모습으로 세상을 딛자. 내가 나 자신을 사랑하는 순간, 그 사랑은 나를 더욱 나답게 만들어 줄 것이다. 그러면 우리는 깨닫게 될 것이다. 내 원래 모습이, 빛깔이, 향기가 얼마나 아름다웠는지.

✳ 나를 일으켜준 사람

생각해 보면 살면서 주저앉을 때마다 나를 일으켜 준 사람이 있었다. 인간관계에 지칠 때면 함께 말없이 술잔을 기울여 준 사람이 있었고, 목표를 이루지 못해 좌절한 나의 어깨를 가만히 두드려 준 사람도 있었다. 부족한 모습을 넓은 포용으로 받아준 사람도 있었고, 삶이 버겁게 느껴질 때 혼자가 아님을 느끼게 해준 사람도 있었다. 혼자를 버텨낼 줄 알아야 하지만, 혼자서 살아갈 수 없는 것 또한 삶이다. 우리는 그렇게, 서로의 존재만으로 커다란 위안을 얻으며 살아간다. 나 또한 누군가의 위안이었으면 좋겠다. 더 멋진 사람이 되고 싶다. 소중한 이들에게 받은 마음을, 더 커다란 마음으로 돌려줄 수 있는 사람이고 싶다는 뜻이다.

✳ 마음속 공간

늘 바쁘게 살아간다. 출근길에 만나는 인파, 사무실에서의 긴 회의, 집에 돌아오는 길의 피곤함. 그런 소음과 분주함 속에서 나는 종종 갈피를 잃는다. 행복하고자 살아가는 건지, 살기 위해 살아가는 건지 모호해진다. 그럴 때면 나는 '공간'이 절실해진다. 그 공간은 물리적인 장소가 아니라, 마음속의 작은 쉼터다. 번잡함과 피로로 무거워진 마음이 잠시라도 머물 수 있는 곳. 아무런 기대도 강요도 없는 순수한 고요가 깃드는 순간. 그곳에서 나는 비로소 내 속의 파도 같은 생각들을 가만히 내려놓고, 산만해진 마음을 다시금 정돈한다.

마음의 '공간'은 멀리 있지 않다. 그곳은 내가 좋아하는 사소한 순간들에서 비롯된다. 예를 들면, 따뜻한 차 한 잔을 마시며 창밖을 바라보거나, 잠깐의 산책을 하며 바람의 속삭임을 느껴보는 것. 좋아하는 책 한 권을 펼쳐들고, 혹은 노트에 가만히 마음속 이야기를 적어 내려가면서 그 작은 쉼터를 찾아간다. 어떤 순간이든 상관없다. 남들이 보기에 그럴듯하지 않더라도, 그것이 당신의 마음을 평온하게 해준다면 충분히 의미 있는 시간이다.

자주 멈춰서 바라보아야겠다. 부산스러운 마음을 잠시 내려두고 내 마음의 공간을 마련해 두어야겠다. 내가 온전히 좋아하는 시간으로 채워진 시간을 나 자신에게 선물해야겠다. 다시금 살아갈 힘을 얻을 수 있도록.

✳ 외로움

외로움은 사랑을 지니고 있다는 증거.

외로움을 느낀다는 것은,
마음에 타인을 향한 자리가 있다는 뜻.

그것은 새로운 사랑을 위한 약속.

앞으로 함께할 누군가를 위해
당신이 비워둔 자리.

* 들어주는 것

인연을 지켜내기 위해
가장 중요시해야 할 것은
'들어주는 것'이다.

단순히 소리를 듣는 것이 아니라
마음을 들어주는 것.

언제든 털어놓아도 좋다는 듯,
품을 내어주는 것.

서로의 마음에 귀 기울여 주는 것만으로
자라나는 믿음이 있다.

서운함을 언제든 꺼낼 수 있다는 믿음.

서로에게 품은 기대를 나눌 수 있다는 믿음.

이 사람은 결코, 나의 진심을 가벼이 여기지 않는다는 믿음.

마음을 들어주는 것은,
믿음을 키워가는 일이다.

무엇이든 나눌 수 있는
'우리'를 만들어 가는 일이다.

✳ 순수한 응원

요즘 들어 '응원'이라는 것이 참 귀하다는 것을 느낀다. 앞과 뒤가 다른 사람들을 자주 마주해서 일까. 응원이 드물어졌기 때문일까, 아니면 시샘이나 비난이 흔해졌기 때문일까. 어쩌면 응원이야말로 소중한 사람을 알아볼 수 있는 가장 명확한 기준인지도 모른다. 누군가를 진심으로 좋아하면, 그 사람의 삶을 응원하게 되니까. 그 사람의 목표를, 편안을, 오늘의 기분을, 아무런 조건도 없이, 진심을 다해 응원하게 되니까. 응원이 귀하다는 것을 알기에, 소중한 이의 응원에 더욱 깊이 감사할 줄 아는 사람이고 싶다. 나 또한 그런 마음을 전해줄 수 있는 사람이고 싶다. 세상이 얼룩지더라도, 우리 사이엔 그런 순수한 마음이 언제까지나 굳건히 자리하면 좋겠다.

❋ 사랑을 표현한다는 것

사랑을 표현한다는 것은,

우리가 함께 걸어가는 긴 여정에

깊은 의미를 더하는 일이다.

수많은 어려움을 겪으면서도

서로의 손을 놓지 않게 하는 유일한 방법이자,

익숙함에 묻혀 서로에 대한 소중함이

희미해지지 않게 하는 유일한 길이다.

꺼내 보이지 않는 마음은 결코 전달될 수 없다는 것을,

우리는 종종 잊어버린다.

누구보다 깊은 마음을 품고 있더라도

그 마음을 전하지 않음으로써 멀어질 수 있고,

함께하지만 각자의 세상 속에 머무는 것처럼 느끼게 될

수도 있다.

아무리 오랜 시간을 함께했을지라도

문득 찾아오는 외로움의 순간이, 누구에게나 있다.

진정 함께한다는 건 그런 것이 아닐까.
함께하면서도 외로움을 느끼지 않도록,
혼자인 기분을 느끼지 않도록
서로가 서로에게 온 힘을 다해 마음을 전하는 것.
일상의 크고 작은 아픔의 순간,
끊임없이 우리가 함께하고 있음을 확인하는 것.
삶은 우리에게 혼자서 감내해야 할 것들을 너무 많이 가
르쳐 주지만,
꽤나 많은 고난을 우리가 짊어지게 하지만,
그 고난을 함께 겪어낸다는 것의 기적 또한 가르쳐 준다.

아무리 깊은 마음일지라도
전하지 않는다면 의미가 없다.

사랑한다면 우리는 그 사람을 향해

힘껏 마음을 펼쳐야 한다.

서툴고 어색한 표현일지라도,

마음을 전하려는 노력을 멈추지 않아야 한다.

서로가 멀게 느껴질 때마다 한번 더 손을 뻗어야 하고,

힘겨워하는 상대를 가슴으로 안아주어야 하며,

혼자라고 느끼는 상대의 마음에

진심이라는 온기를 전해야 한다.

상대를 향해 세상 유일한 마음을 품었다면,

그 사람의 앞에 정성스레 꺼내놓는 것까지가,

전부 사랑이기에.

✳ 목소리를 잃지 않는 사랑

우리는 종종 사랑한다는 이름으로 자신을 지워버린다. 상대방을 기쁘게 하기 위해, 관계를 유지하기 위해, 때로는 평화를 위해 내 안의 목소리를 묻는다. 그 과정에서 우리는 자신의 진짜 모습을 잊어버리고, 남들이 원하는 모습으로 살아간다. 하지만 그 길은 결코 진정한 관계와 사랑으로 이어지지 않는다. 타인과의 관계에서도, 그리고 나 자신과의 관계에서도.

진정한 배려란 타인과 자신, 두 존재 모두를 소중히 여기는 균형이다. 자신을 지우는 것이 아니라, 자신과 타인 사이에 정직한 다리를 놓는 것이다. 나의 진심이 타인에게 전해질 때, 비로소 진정한 만남이 시작된다. 때로는 그 진심이 상대방의 바람과 다를 수도 있다. 하지만 그 차이 속에서 우리는 서로를 더 깊이 이해하게 된다. 갈등이 두려워 자신을 감추는 것보다, 서로의 다름을 인정하며 함께 성장하는 것이 진정한 관계의 본질이다.

그러므로 우리는 상대뿐만 아니라, 나 자신 또한 배려해야 한다. 자신의 목소리를 잃은 사람은 결코 타인을 온전히 이해할 수 없다. 자신의 내면을 외면한 채 타인의 마음을 헤아릴 수는 없기 때문이다. 진정한 배려는 자기 자신에 대한 정직함에서 시작된다. 나를 알고, 나를 존중할 때, 비로소 타인도 깊이 존중할 수 있게 된다. 자신의 목소리를 잃지 않는 것. 그것은 자신의 정체성을 지키는 일이다.

내 안의 목소리는 수많은 경험과 감정, 생각들이 모여 형성된 고유한 존재의 표현이다. 그 목소리를 무시할 때마다 우리는 자신의 일부를 잃어간다. 남들에게 맞추기 위해 내 일부를 지울 때마다, 나라는 존재는 점점 희미해진다. 내면의 소리를 듣는다는 것은 단순히 원하는 것을 얻기 위한 것이 아니다. 그것은 자신을 온전히 받아들이고, 존중하며, 사랑하는 방식이다. 우리가 자신의 목소리를 회복할 때, 비로소 타인의 목소리도 온전히 들을 수 있게 될 것이다. 내 안의 소리와 타인의 소리가 함께 울릴 때, 그곳에서 진정한 하모니가 탄생한다. 진짜 나와, 진짜 네가 만나는 것. 그것이 바로 진정한 관계의 아름다움이다.

✳ 서운함을 삼키게 되는 이유

관계를 더 이상 유지할 수 없는 결정적 이유가 되는 것은, 어긋났다는 사실 자체가 아니라, 어긋남을 해결할 수 없다는 확신이다. 두 사람이 결국 맞잡은 손을 놓게 되는 순간은, 서운함을 느끼게 되었을 때가 아니라, 서운함이 이해받지 못하리라는 확신을 갖게 될 때이다. 관계를 이어가다 보면, 혼자서는 감당하기 힘든 마음이 누구에게나 생기기 마련이다. 관계는 함께 만들어 가는 것이기에, 함께여야만 비로소 해결할 수 있는 마음은 누구에게나 피어난다. 그러나 상대의 그러한 마음을 함께 해결하려는 노력이 없다면, 혼자서 해결해야만 하는 순간들을 상대에게 자주 안겨준다면, 상대는 어떤 마음도 꺼내놓을 수 없게 된다. 마음을 꺼내놓기 전부터 상처받기를 예감하게 하는 사람. 그런 사람 앞에서 우리는 관계를 이어나갈 힘을 잃는다.

진정한 관계는 서로를 홀로 두지 않는다. 서로의 마음을 진심으로 들여다보려 하지 않는다면, 어떤 관계도 깊어질 수 없다. 관계는 함께 만들어 가는 것이다. 그러므로 나는, 우리의 관계에서 발생하는 문제를 혼자서 해결하도록 만들지 않고 싶다. 혼자서 삼켜내는 시간을 서로에게 안겨주지 않을 수 있었으면 좋겠다. 언제든지 털어놓아도 괜찮다는 마음을 깊이 품은 채로 서로를 향해 양 팔을 벌릴 수 있으면 좋겠다. 어긋남을 함께 해결해 낸 순간들이 모여, 끝까지 함께할 수 있을 거라는 믿음을 만날 수 있도록.

✳ 일상을 지키는 습관

사소한 한 가지 일로 잔잔한 하루를 망가뜨리는 날이 있다. 마음은 참 이상한 것이어서, 이런 날이면 수많은 평화로운 순간들은 잊어버리고 하나의 불편한 순간에 머물게 되곤 한다. 시간이 흐르며 깨달은 것은, 마음을 어둡게 만드는 것이 사건 자체가 아닌, 그것에 부여하는 의미라는 것.

마음은 머무는 곳에서 더 깊어진다. 불편한 감정에 머물수록 괴로움은 더 짙어지고, 애정하는 것들을 바라볼수록 평화는 더 단단해진다. 결국 우리가 머무르기로 선택한 곳이 우리의 하루가 되는 것이다. 이제는 스치는 일들에 의미를 부여하지 않는다. 내겐 그것보다 멋진 의미를 지닌 것들이 일상에 가득하니까. 불필요한 감정에 깊이 빠져들지 않는 것. 스쳐가는 말들에 무게를 두지 않는 것. 내 마음의 중심을 잃지 않는 것. 나의 소중한 일상을 지켜내기 위한 습관들이다.

3

좋은 사람에게는
좋은 사람이 온다

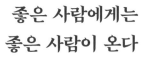

✳ 장마의 속삭임

하루 이틀, 사흘…… 비는 멈추지 않고 내린다. 처마 끝에 매달린 빗방울이 똑똑 떨어지고, 창밖으로는 회색빛 장막이 드리워져 있다. 장마는 갑작스레 찾아와 한동안 머물다 간다. 초대받지 않은 손님처럼. 떠날 때를 알리지 않은 채.

어릴 적에는 장마철이면 집 안에 갇혀 있는 게 답답하고 지루했는데, 이제는 이 시간이 오히려 위안이 된다. 세상과 잠시 단절된 것 같은 고요 속에서, 나만의 시간을 가질 수 있으니까. 창밖의 빗줄기가 마치 내 마음을 씻어내는 것만 같다. 평소에는 바쁘다는 핑계로 마주하지 못했던 생각들이, 이렇게 움츠러든 시간 속에서 조금씩 모습을 드러낸다. 슬픔도, 기쁨도, 그리움도. 평소에는 보이지 않던 것들이 보이기 시작한다. 내가 진짜 원하는 것, 내가 정말 그리워하는 것, 내가 잊고 있었던 것들. 빗소리를 배경음악 삼아, 나는 그렇게 조용히 나를 마주한다. 대지가 비를 머금듯이, 나도 이 시간을 천천히 받아들인다.

가끔은 외롭다. 이렇게 혼자 있는 시간이 두렵기도 하다. 하지만 장마는 내게 가르쳐 준다. 모든 것이 그렇듯 이 시간도 지나가리라는 것을. 그리고 이 고요한 시간이 있었기에, 다시 햇살이 비출 때 나는 더 단단해져 있으리라는 것을. 장마는 멈춤의 시간을 선물한다. 타인의 시선으로부터, 세상의 소음으로부터 잠시 벗어나 나만의 리듬을 찾는 시간. 그래서 나는 장마를 기꺼이 맞이한다. 창밖으로 쏟아지는 빗소리를 들으며, 내 안의 소리에 귀 기울여 본다. 이렇게 며칠을 보내고 나면, 분명 다시 맑은 하늘이 찾아올 것이다. 그때의 나는 지금보다 조금 더 나를 이해하고 있겠지. 비에 젖은 대지가 더욱 단단해지듯이, 이 고요한 시간을 통해 나도 조금씩 성장하겠지. 혼자라도 괜찮다고. 그렇게 나에게 속삭이는 것만 같은 장마의 빗소리.

❊ 상처와 치유

　살아가면서 우리는 누구나 크고 작은 상처를 마주하게 된다. 예전에는 그 상처가 단순히 아픔과 고통으로만 느껴지곤 했다. 상처는 우리를 약하게 만들고, 부정적인 감정들만 남기게 하는 것이라 생각했다. 그러나 시간이 지나면서 알게 되었다. 상처는 단지 고통으로만 머무르지 않는다는 사실을. 그 상처들이 나에게 준 고통이 때로는 나를 더 강하게 만들고, 나를 더 깊이 있는 사람으로 변화시켰다는 것을. 여전히 일상 속에서 내 마음이 할퀴어지는 순간들이 있다. 하지만 이제는 상처를 그저 아픔이 아니라, 나를 성장시키는 중요한 과정으로 바라보곤 한다. 상처를 피해갈 수는 없지만, 그것을 통해 나는 더 단단해지고 있다는 사실을 믿는다.

　우리는 아픔을 통해 더 나은 자신으로 나아갈 수 있는 힘을 얻는다.

　상처를 바라보는 시선이 변화할 때, 비로소 우리는 그 고통을 다른 방식으로 받아들일 수 있다.

상처를 무조건 숨기기보다는 그와 함께 살아가는 방법을 배운다. 상처는 결코 우리를 약하게 만들지 않는다. 오히려 그 상처야말로 우리의 가장 깊은 부분에서 나오는 강인함의 원천일 수 있다. 어쩌면 우리는 스스로의 상처를 피하지 않고 들여다보면서, 스스로를 치유해 나가는지도 모른다. 인정하고 받아들이는 것만으로도 치유는 시작된다. 상처는 끝이 아니라, 우리가 더 깊은 사람으로 성장하는 여정이다. 상처가 남기는 흔적은 단순한 상흔이 아니라, 우리가 무엇을 경험했고 그로 인해 어떻게 변했는지를 보여주는 중요한 기록이다.

상처와 화해하고, 스스로를 포용하기를. 그리하여, 그 상처가 언젠가 흉터가 아닌 스스로를 치유했던 흔적이 될 수 있기를.

✳ 도망가자

감당할 수 없는 고난이 찾아올 때면, 아무도 나를 신경 쓰지 않는 곳으로 도망가고 싶다는 생각이 차오릅니다. 나를 옥죄는 현실이 존재하지 않는, 자꾸만 나를 찌르는 외부의 시선이 존재하지 않는, 그런 곳으로 떠나고 싶다는 생각을 합니다. 그럴 때면 저는 선우정아의 〈도망가자〉라는 노래를 들으며 멀지 않은 곳으로 여행을 떠납니다. 나를 아는 누구도 없는 곳으로. 선우정아가 부르는 '도망가자'라는 네 글자의 가사는 '사랑한다'는 말보다도 벅차게 느껴집니다. 그리고 영원히 떠나 있자고 말하는 것이 아닌, '돌아오자'고 말하는 가사를 들을 때면 언제든 가슴이 먹먹해집니다.

돌아와야 한다는 것을 모르고 떠나는 여행이 없는 것처럼, 세상에 존재하는 도망의 끝에는 대부분 돌아옴이 존재한다는 사실을 누구나 알고 있습니다. 아픔이 찾아오더라도 삶이라는 트랙 위를 완전히 벗어날 수는 없는 노릇입니다. 언젠가 돌아와야 하고, 과거의 노력을 모아 만들어 둔 길 위에 또다시 나를 세워두어야 할지도 모릅니다. 그런 사실들을 알고 있기에, 때로는 잠깐의 도망이 커다란 의미가 없는 것처럼 느껴지곤 합니다. 하지만 어떤 마음 앞에서, 특히 지금 당장 버틸 수 없을 정도로 무너진 마음 앞에서, 그런 것은 중요치 않은 것이 됩니다. 돌아와야 한다는 것, 결국 돌아와서 또다시 고단한 현실을 걸어야 한다는 사실들이 중요치 않은 것이 되는 상태. 그저 지금 당장 어디론가 도망가지 않으면 도저히 견딜 수 없을 것 같은 상태. 그런 마음에게는 도망가자는 말이, 살아내자는 말로 들리는 것입니다.

누구나 한번쯤 도망이 필요합니다. 그리고 바쁜 일상으로 인해 내게 손을 뻗어줄 이가 없다면, 스스로를 향해 그 손을 뻗어줄 수 있어야 할 것입니다. 지금껏 최선을 다해 버텨낸 나 자신의 손을 이끌고, 나를 위로할 여러 문장을 마음에 기록하며, 그렇게 나를 위한 선물을 스스로에게 건넬 수 있어야겠습니다. 돌아와야 한다는 것을 알지만, 돌아오면 또다시 스스로를 향해 해낼 수 있다는 문장을 또 한 번 반복해야 할지도 모르지만, 그런 것들이 뭐가 중요할까요. 지금 당장 나에게 해줄 수 있는 것을 하는 것. 스스로를 위해 건네는 마음에 어떤 조건도 붙이지 않는 것. 가끔은 현실이 아닌, 나를 위한 마음속에 자신을 던져보는 것. 그런 마음가짐이야말로 우리를 계속해서 살아갈 수 있게 합니다. 나를 옥죄는 지독한 현실을 버텨낼 수 있게 합니다.

우리 모두에게 가끔은 그런 도망이 허락되면 좋겠습니다. 비록 다시 돌아와야만 하는 도망일지라도, 돌아왔을 때의 대책을 전부 세워두고 떠나야만 하는 도망일지라도, 가끔은 우리를 둘러싼 현실적인 무언가보다 나 자신을 챙길 수 있을 만큼의 여유가 우리 모두의 삶에 머물렀으면 좋겠습니다. 도망갑시다. 그리고 돌아옵시다. 지금보다 조금 더 웃을 수 있는, 다시 한번 힘차게 걸음을 옮길 수 있는 나의 모습이 되어.

✳ 오래 보고 싶다

좋은 사람과 함께하고 있다는
가장 큰 증거는
이런 것이 아닐까.

오래 보고 싶다는 마음이 차오르는 것.

언젠가 어떤 방식으로든
작별의 순간은 찾아오겠지만,

그 순간이 아득히 멀었으면 좋겠다고
소망하게 되는 것.

부디 함께하는 시간이 길었으면 좋겠다고
소망하게 되는 것.

소중히 여기지 않으면 가질 수 없는 마음들.

오래도록 함께해 주세요.

우리 함께 나누는 이 행복이,
너무 이른 그리움이 되지 않도록.

✳ 어느 누구도 아닌 나만의 행복으로

사소한 것에도 과하게 작아진다. 혼자 있는 순간에도 무언가에 쫓기는 것만 같은 기분. 그럴 때면 자연히 다른 사람들을 둘러보게 된다. 잘 살아가는 사람들. 아무런 문제가 없다는 듯, 해맑게 이야기꽃을 피우는 사람들. 함께 지구를 밟고 있지만, 나와는 너무도 다른 사람들. 세상은 너무도 빠르게 돌아가고, 사람들은 그에 맞춰 힘차게 달려간다. 나를 제외한 모두가 그렇게 잘 해내는 것만 같다. 이런 생각이 든다는 것은, 무언가를 잃어버렸다는 뜻이다. 내가 이런 생각에 빠져있을 때, 가까운 이가 내게 스치듯 해준 말이 있다.

"너 그거, 널 사랑해서 그런 거잖아."

나는 이해가 되지 않아 되물었다.

"무슨 말이야?"

"다른 사람들이랑 비교하는 거. 네 삶을 사랑해서 그런 거라고. 사랑하지 않으면, 속상하지도 않거든."

그래. 가끔 이렇게 뒤바뀌곤 한다. 나를 사랑하는 마음.

내가 원하는 삶을 만나고 싶다는 마음. 아무런 걱정 없이 웃음꽃을 피우고 싶은 마음. 그런 마음들이 거꾸로 나를 괴롭히는 것이다. 그런 마음에서 시작된 상념들이, 나를 전혀 다른 곳에 데려다 놓는 것이다. 세상 속에서 내가 자꾸만 작아지는 것이 가슴 아픈 이유는, 작아지는 나의 모습을 원하지 않기 때문이다. 다른 사람의 삶의 단면이 부러워지기 시작한다는 것은, 나 또한 나의 삶을 멋지게 만들어 가고 싶다는 뜻이다.

나는 자주 시작점을 잃어버렸다. 행복해야 한다는 마음으로 나를 괴롭혔고, 나를 위해 걷기 시작한 길 위에서 타인을 바라보며 자주 불행 속에 머물렀다. 처음 그 길을 걸었던 이유와 목적을 잊어버린 채, 다른 것을 좇고 있는 나를 발견했다. 이제는 안다. 우리는 자주 시작점을 돌아보아야 한다. 나를 사랑하는 마음이, 내 삶을 애정하는 마음이, 나를 괴롭히지 않도록. 결국 행복이다. 우리는 모두 행복하기 위하여 모든 선택들을 해나가고 있는 것이다.

생각해 보면 나는 앞서가고 싶은 것이 아니었다. 그들의 미소를 따라 하고 싶은 것도 아니었다. 남들과 같은 보폭으로 걷고 싶은 것이 아니라, 나만의 보폭으로 걷고 싶었던 것이다.

나는 나다운 삶을 향하고 싶었으며, 나만의 미소를 짓고 싶었을 뿐이다. 우리는 모두 다른 속도로 삶을 살아가고, 각자의 길을 향해 나아간다. 각자의 삶은 각자의 목적지를 만든다. 모두 다른 삶이기에, 향하는 곳도 다르다.

이제는 남들과 비교하지 않고, 나만의 속도로, 나만의 목적지를 향해 나아가야지. 다른 이의 미소를 좇기보다는, 내 안에서 진정한 행복을 찾아야지. 누구보다 행복하고 싶은 것이 아니라, 나로서 충분히 행복하고 싶다. 시작점으로 돌아왔을 때 분명해지는 것들이 있다. 우리는 모두 자신만의 행복을 위해 살아간다.

* 시작점

성장의 시작은,
부족함을 인정하는 용기다

자신감의 시작은,
어제의 나를 품고, 오늘의 나를 믿는 것이다

나다움의 시작은,
나만이 내 삶의 주인공임을 인정하는 것이다

포용의 시작은,
불완전함을 끌어안는 것이다

편안의 시작은,

모든 감정이 흘러가는 구름임을 아는 것이다

애정의 시작은,

모든 모습을 소중히 여기겠다는 다짐이다

자신을 사랑하는 것의 시작은,

내 안의 빛나는 가능성을 믿는 것이다

＊ 낭만을 아는 사람

　　낭만을 아는 것, 그건 꼭 고급스러운 와인 한 잔 마시고
여유롭게 노을 지는 바다를 보는 그런 순간들만은 아니다. 출
근길 아침 커피 한 잔의 향기에서도, 퇴근길 버스 창가에 맺힌
빗방울에서도, 집으로 가는 골목길 가로등 불빛에서도, 낭만
은 스며들어 있다. 작은 화분에 물을 주며 잎이 새로이 돋아난
걸 발견하는 순간에도, 카페 창가에 앉아 책을 읽다 잠든 고양
이를 바라보는 순간에도, 오랜만에 만난 친구와 나누는 수다
속에서도, 낭만은 숨 쉬고 있다. 출근길에 내리는 비를 보며
'우산 챙기세요' 문자를 보내는 마음에서도, 힘들어 보이는 날
따뜻한 커피 한 잔을 건네는 손길에서도, 가까운 사람이 행복
해하던 순간들을 적어놓은 행복목록 노트에서도, '나 이 노래
좋아하는데'라는 한마디에 서툴게 연습해 보는 목소리에서도,
장을 보다 발견한 제철 과일을 봉투에 담아 문고리에 걸어두
고 가는 손길에서도, 낭만은 피어난다.

낭만을 아는 사람은 일상의 작은 순간들을 특별하게 만드는 법을 안다. 서두르지 않고 그 순간을 온전히 느끼는 법을 안다. 평범한 하루를 조금 더 따뜻하게 만드는 법을 안다. 그래서 나는 낭만을 아는 사람이 좋다. 일상의 작은 순간들을 함께 반짝이게 만들 수 있는 사람이. 거창한 이벤트가 아닌, 소소한 마음 씀씀이로 삶을 풍요롭게 만들 줄 아는 사람이 좋다.

✳ 닮음

 사람이란 참 신기한 것 같습니다. 누구와 마음을 나누며 살아가느냐에 따라, 전혀 다른 삶을 만나게 되니까요. 오래도록 함께한 인연은 언제부턴가 서로의 거울이 됩니다. 웃는 얼굴을 마주하다 보면 어느새 입가에 미소가 번지고, 따스한 마음을 나누다 보면 내 안의 온기도 깊어집니다. 때로는 슬픈 표정 짓는 상대를 보며 함께 눈물짓기도 합니다. 도리어 내 마음이 더욱 깊이 젖어들기도 합니다. 나와 닮은 표정을 짓는다는 것만으로, 우리는 서로의 유일한 위로가 됩니다. 서로의 시간을 고이 담아낸 그런 존재가 되어갑니다. 이런 관계야말로 인생에서 가장 큰 축복이 아닐까요. 서로를 비추는 맑은 거울이 되어 함께 웃고 함께 울며, 서로의 삶에 가장 아름다운 빛을 남기는 것. 한 사람의 삶을 고스란히 담고 있는 한 사람. 사랑은 서로를 닮아가게 만드는 것이 분명합니다. 닮음은 서로에게 남기는 가장 아름다운 흔적입니다.

✳ 진정한 친구에 대하여

　친구란 단지 시간을 같이 공유하는 존재가 아니다. 진정한 친구가 함께 나누는 시간 속에는 그것을 넘어서는 '무엇'이 있다. 그것은 서로의 존재 가치를 확인하고 긍정하는 순간들의 축적이며, 각자의 불완전함을 온전히 받아들이는 깊은 이해다. 진정한 친구는 서로의 존재 방식을 그 자체로 받아들여 준다. 상대의 성장과 퇴보, 기쁨과 고통을 모두 받아들인다. 그것은 단순한 포용을 넘어서는, 존재 그 자체로의 수용이다.

　진정한 친구는 우리가 완벽하지 않아도 된다고 말해주고, 동시에 우리가 될 수 있는 최선의 모습을 꿈꾸게 한다. 그래서 우리는 그들과 함께할 때 세상의 무게로부터 잠시나마 자유로워질 수 있는 걸까. 사회적 가면을 벗고, 있는 그대로의 모습으로 존재할 수 있게 하는 걸까. 그저 나로 존재하는 것만으로 충분하다고, 그렇게 믿게 해주는 것일까. 서로의 불완전함을 완성으로 만들어 주는 존재. 그러므로 친구라는 이름은, 삶의 고난을 알아갈수록 더욱 나를 뭉클하게 하는 것이다.

* 내 마음속 단단함을 믿는다

　살아가다 보면 수많은 상황에서 흔들리고, 때로는 자신이 너무나도 연약하다고 느낄 때가 있다. 타인의 기대에 부응하려다 지치고, 나 자신을 잃어버리기도 한다. 하지만 그런 순간에도 끝내 단단해지는 사람들이 있다.

　관계를 소중하게 여기지만, 그 관계 속에서 '내가' 행복해야 한다는 사실을 아는 사람. 문제를 회피하지 않고 두렵더라도 끝내 부딪혀보는 사람. 타인의 시선보다 나 자신의 시선이 중요하다는 것을 아는 사람. 내 안에 솟아나는 감정을 부정하지 않는 사람. 힘들면 마음껏 눈물 쏟아도 괜찮다는 것을 아는 사람. 사소한 행복을 즐길 줄 아는 사람. 내가 진정으로 좋아하는 것들로 주변을 채우는 사람. 누가 뭐래도 나만은, 나를 변함없이 사랑해야 한다는 것을 아는 사람.

　그들은 무엇이 중요한지 알기 때문에, 휘둘리지 않고 자신이 진정으로 원하는 것을 향해 나아간다. 그러므로 그들의 단단함은 고집이 아닌, 자신을 존중하고 사랑하는 데서 오는 편안함이다. 그들은 자신의 삶을 진정으로 살아내는 사람들인 것이다.

단단한 사람이 되는 것은 어렵다. 어쩌면 한 번에 이루어 낼 수 없는 것인지도 모른다. 하지만 간절히 소망하고 나아간 다면, 사람은 충분히 변화할 수 있다. 그 과정에서 간혹 연약 한 스스로를 발견하게 될지도 모르지만, 그것마저 나의 일부 로 받아들이리라. 중요한 것은 내가 스스로를 믿고, 끝까지 포 기하지 않는 것이다. 진정 중요한 것이 무엇인지를 잃어버리지 않는다면, 우리는 쉽게 부서지지 않을 수 있다. 내 마음속 단 단함을 믿는다. 나 자신을 사랑하는 마음이, 나를 지켜낼 것임 을 믿는다.

✳ 우리라는 이불

사랑하는 사람과
매일 붙어 있을 수 없을지라도,
삶을 함께하는 방법은 있다.

안부를 묻는 것.

서로의 목소리로 아침을 맞이하고,
밥은 먹었냐는 말로 오후를 응원하는 것.

저녁이 오면 괜스레 보고 싶다는 말을
전해보기도 하고,

어둠이 내려앉은 밤이면 내일이 두렵지 않도록,
가벼운 인사 속에 진심을 담아 전하는 것.

매일 껴안고 있을 수는 없을지라도,
그렇게 서로의 마음을 자주 포개보는 것.

안부를 묻는다는 것은,
서로의 마음에 불안이 찾아들지 않도록,
우리라는 이불을 마음에 덮어주는 일이 아닐까.

✳ 관계의 예의

한 사람을 만나고
그 사람을 알아간다는 것은
하나의 삶을 알아가는 것과 같다.

한 사람과 마주 앉아 있다는 것은
하나의 삶을 마주하고 있는 것과 같다.

그러므로 최소한의 예의를 지켜야 하는 것이다.

누군가를 섣불리 판단하지 않는 것.

상대가 보이는 진심을 가볍게 이용하려 들지 않는 것.

함께하는 시간 동안 상처를 주지 않도록 노력하는 것.

내가 모르는 아픔이,
이 사람의 삶 어느 한 부분에 존재할 수 있음을 명심하
는 것.

하나의 삶 앞에서 예의를 지킬 때,
그제야 우리는 진정 마음을 나눌 준비를 마치는 것이다.

✷ 실패한 서핑 수업

난생 처음 서핑을 해보았어. 중심이 잘 잡히지 않더라고. 끊임없이 파도가 밀려오고, 그때마다 나는 물속으로 빠져들었어. 다른 사람들은 보드 위에 멋지게 서서 파도를 가르는데, 나는 계속 넘어지기만 했어. 너도 마찬가지였지.

그때 네가 말했어.

"우리, 일어서지 말고 보드에 엎드려서 저 멀리 가볼래?"

처음에는 그게 무슨 의미가 있나 싶었어. 서핑은 보드 위에 서서 파도를 타야 하는 거 아닌가? 하지만 너무 지쳐버려서, 네 제안이 달콤하게 들렸던 걸까. 나는 고개를 끄덕였고, 우리는 함께 바다 저 멀리로 나아갔어.

보드 위에 엎드린 채로 손을 저으며 나아가니, 조금씩 다른 풍경이 펼쳐지기 시작했어. 해변의 소리는 점점 멀어지고, 대신 바다의 물소리가 가까워졌지. 햇살은 여전히 뜨거웠지만, 손끝에서 바닷물이 간간이 튀어 올라 우리를 식혀주었어. 우리는 그렇게 수평선을 바라보았어. 모든 것이 사라졌어. 뒤

돌아보면 해변은 이미 아득히 멀어져 있었고, 앞을 보면 끝없이 맞닿은 하늘과 바다뿐이었지. 파도 소리, 물보라 소리, 그리고 우리의 숨소리만이 들렸어. 마치 세상의 끝에 온 것만 같았어. 파란 바다와, 그 위로 내리쬐는 뜨거운 햇살, 그리고 너와 나. 그것이 전부였어. 시간이 멈춘 것 같았어. 그 순간만큼은 다른 것은 아무것도 필요하지 않았어. 우리는 말없이 그 풍경을 바라보았어. 네가 보는 수평선과 내가 보는 수평선이 맞닿았지. 그렇게 우리는 한참을 떠 있었어. 보드 위에 엎드린 채로 시원한 바닷바람을 맞으며 우리는 이야기를 나누었지. 네가 보는 하늘과 내가 보는 하늘은 조금씩 달랐고, 그 이야기를 나누는 것만으로도 충분히 행복했어. 아무것도 없는 이 순간이, 이상하게도 가장 충만하게 느껴졌어. 실패한 서핑 수업이 이렇게 특별한 순간이 될 줄은 몰랐어. 혼자였다면 결코 이렇게 멀리 나오지 못했을 거야. 둘이라서 가능한 것이 있으니까. 뜨거운 햇살이 수면에 부서져 반짝이는 8월의 바다에서, 우리는 실패를 추억으로 바꾸고 있었던 거야. 저 멀리서 갈매기 한 쌍이 우리 머리 위를 지나갔어. 네가 하늘을 가리키며 웃었지. 그 순간 나는 생각했어. 이 시간을 오래도록 간직하겠다고.

☀ 지금의 감촉

어제의 그림자를 딛고
오늘을 마주하는 용기.

작은 바람에 스치는 잎사귀처럼
나의 마음도 자주 힘없이 흔들리지만,
흘러가는 시간 속에서
주어진 모든 순간을 껴안는 일.

매일의 고단함을 딛고,
내일을 그려보는 일이
그리 쉽지는 않지만,
지금 여기에서 느껴지는 바람의 감촉이,
내가 살아있음을 일깨워주는 요소라는 것을 안다.

그렇게 현재를 살아가는 것,

부딪히고 일어나며
나의 길을 찾고,
여정 속에서 나를 발견하는 것.
불안과 걱정을 잠시 내려두고,
지금 내게 주어진 이 계절을 느낄 줄 아는 것.

아픔도, 기쁨도,
모든 감정이 어우러져
내가 나로서 존재하는 이유가 되니,

그래서 나는 지금을,
지금을 겪고 있는 나를 사랑한다.

✳ 적당한 거리

적당한 거리는 관계를 건강하게 만든다. 하지만 여기서 말하는 거리란 단순히 멀어지는 것을 의미하지 않는다. 서로를 밀어내며 조금 더 멀어지는 것이 아니라, 서로를 향한 존중을 채워나가는 것을 의미한다. 나와 다른 상대를 있는 그대로 인정하는 것. 그리고 서로가 답답하지 않을 정도의 여백을 선물하는 것. 서로의 다른 점을 무작정 비난하는 게 아니라 그 자체로 이해하려 노력하는 것. 때로는 조금 떨어진 자리에서 그 사람을 편견 없이 바라볼 줄 아는 것. 진정 건강한 관계를 맺고 있는 두 사람 사이에는, 무관심이 아니라 서로를 위한 애정 어린 여백이 스며 있는 것이다.

✳ 서로에게 침묵하지 않는다는 것

상처받은 사람은 침묵하기 시작한다. 끝까지 놓지 않으려 애쓰던 마음을 그렇게 정리한다. 혼자서 풀어가려 노력했던 시간들로부터 고개를 돌린다. 침묵은 마음속 깊은 곳에 숨겨진 아픔과 실망의 표현이다. 또는 혼자서 애쓰던 시간 속 받아온 상처고, 이해받지 못한 순간들에 쌓여온 실망이다. 관계의 끝에 우리는 침묵을 만난다. 더는 나눌 수 없는 마음을, 전할 수 없는 말을, 털어놓을 수 없는 상처를 만난다. 그러므로 누군가를 소중히 여긴다면, 결코 그 사람이 침묵하게 만들도록 놔두어선 안 된다.

서로에게 침묵하지 않는다는 것, 그것은 마음의 문을 열어 두는 일이다. 침묵 속에 숨어 있는 말들을 꺼내어 보며, 서운함과 아쉬움을 드러내는 것은 상처를 나누는 것이 아니라, 서로의 속 깊은 내면을 이해하가는 과정이다. 진심을 나누며 서로의 마음을 다시 한번 어루만지는 길이다. 우리는 그렇게 침묵이 서로의 마음을 가리지 않도록, 눈빛과 손길로 감정을 전하며, 고백하지 못한 이야기들을 서로의 온기로 감싸주는 것이다.

그러므로 진정 누군가를 소중히 여긴다면, 그 사람을 침묵하게 만들지 말자. 언제든지 이해받을 수 있다고 느껴지는 관계를 만들어 가며, 서로의 마음을 털어놓을 수 있도록 공간을 내어주자. 그렇게 서로의 다름을 마음으로 안아줄 수 있는 '우리'를 만들어 가자. 좋은 관계는 결코 '소통' 없이 만들어지지 않으니.

* 내 편

내 편이 중요한 이유가 있지. 세상엔 너무도 다양한 사람들이 존재하기 때문이야. 다양한 사람들이 존재한다는 건, 그만큼 다양한 시선들이 존재한다는 의미라서, 우리는 좋든 싫든 그런 시선들 속에서 살아가는 거야. 그러니까 자주 나를 잃어버리는 거야. 내가 믿어왔던 것들이 누군가의 눈초리 한 번에 아무것도 아닌 것이 되어버리기도 하고, 나만의 개성이 갑자기 이상한 것으로 둔갑해 버리기도 하고, 그렇게 타인의 시선에 밀려 자꾸만 구석으로, 내가 소멸되어 가는 거야. 그러니까 내 편이 필요해. 그 시선들 속에서 나를 지켜낼 수 있도록, 나의 시선을 잃지 않을 수 있도록, 내가 보는 내가 여전히 나일 수 있도록. 그렇게 나와 닮은 시선으로 나를 바라봐주는 사람. 서로의 편이 된다는 것은, 그런 의미가 아닐까. 세상의 시선으로부터 서로를 지켜주는 것. 누가 뭐래도 내 눈에 담긴 너는 그토록 아름답다고 말해주는 것. 그렇게 우리는 서로의 눈에서 영원한 피난처를 발견하게 되는 것이다.

✳ 낡지 않는 인연

새로운 인연보다 오래된 인연이 가슴을 뛰게 한다. 세월이 흐를수록 중요한 것이 무엇인지 더 잘 알게 되는 탓이다. 오랜 인연을 이어온 사람들 사이에는 그들만의 약속이 머문다. 언제든지 아픔을 털어놓아도 괜찮다는 약속. 무엇이든 서로의 편에서 들어주겠다는 약속. 서로를 안심시키는 따스한 표정들. 말하지 않아도 전해지는 마음들. 오래된 인연이 전하는 서툰 한마디 마음에도 벅찬 감동을 느끼는 것은, 그만큼의 시간이 우리 사이에 쌓여 있기 때문이다. 그래서 나는 오래된 인연이 좋다. 시간이 선물해 준 특별한 신뢰와 세월이 빚어준 단단한 이해가 쉬이 만들어지는 것이 아님을 알기에. 떠올릴 때마다 설렘을 주는 고마운 인연. 진짜 인연은 낡지 않는다. 시간을 머금고 짙어질 뿐이다.

✳ 축축한 여름 시선

세차게 비가 내린 뒤 햇볕이 뜨겁게 내려앉은 어느 여름 날. 더위에 잠식되어 잔뜩 짜증이 일어나던 그때. 나는 아스팔 트 위 꿈틀거리는 것들을 인식하고 얼굴을 찡그렸다. 지렁이들 이 인도 위에서 느릿느릿 기어다니고 있었다. 징그럽다. 전부 치워버리고 싶다. 그런 생각이 더위로 인한 짜증과 섞여 마음 가득 채워졌다. 그때 인도 한 편에 쪼그려 앉아 커다란 나뭇잎 으로 무언가를 조심스레 다루는 소년을 보았다. 평소라면 나 도 재빨리 피해 지나갔을 텐데, 잔뜩 몰두한 소년의 모습이 궁 금해 발걸음을 멈추었다.

"뭐 하고 있니?"

소년은 나를 보고 별 표정 변화 없이 고개를 돌렸다. 그리 고 또 다시 나뭇잎을 부드럽게 움직였다. 햇살 아래 말라가는 지렁이들을 나뭇잎으로 조심스레 걷어 올리고 있었다. 땅 위 로 나왔다가 길을 잃은 것들이었다.

"여기 있으면 말라 죽어요. 흙 속으로 들어가야 해요."

"징그럽지 않아?"

소년은 고개를 저으며 대답했다.

"저는 귀여운데요. 얘들은 흙 속으로 들어가야 살 수 있대요. 불쌍해요. 집에 가고 싶은 거예요."

소년의 손끝은 흔들림이 없었다. 한 마리, 또 한 마리. 그렇게 지렁이들은 소년의 나뭇잎을 타고 수풀 속으로 돌아갔다. 소년은 마지막 지렁이를 조심스럽게 옮기고 일어서서 내게 꾸벅 인사를 건네고 뛰어갔다.

문득 소년의 뒷모습을 바라보며 생각했다. 나는 언제부터 이토록 단순하게 선을 그으며 살게 되었을까. 예쁜 것과 추한 것, 좋은 것과 나쁜 것. 세상은 그저 단순히 그런 이분법적인 기준으로 나뉘어져 있는 것이 아닌데. 조금만 들여다보면 전혀 다른 모습을 발견할 수 있는 것인데. 소년이 사라진 길가 위에 서서, 나는 그가 가진 순수한 눈으로 세상을 바라보면 어떤 모습일지 상상했다. 그 눈에 비친 세상은 아마도 내가 보는 것보다 훨씬 더 아름답고 온전했으리라. 그는 그렇게 자신만의 방식으로 세상의 아름다움을 발견하고 또 창조하고 있었다.

누군가에겐 그저 징그럽게만 보이는 것이, 누군가에겐 집으로 가는 길을 잃은 애틋한 생명일 수 있다는 것. 아름다움은 어쩌면 발견하는 것이 아니라 바라보는 방식에 있는지도 모른다. 그동안 나는 얼마나 쉽게 판단하고, 얼마나 빨리 고개를 돌렸을까. 그저 조금 더 가까이서, 조금 더 따뜻하게 들여다볼 수 있었다면 좋았을 텐데. 어쩌면 징그러운 것은 내 마음인지도 모른다.

✳ 사람이 너무 좋아서

사람이 너무 좋아서 혼자를 택한 사람들이 있다. 타인을 향한 기대가 컸기에 더 큰 상처를 받고, 온전한 관계를 꿈꿨기에 더 아프게 무너진 사람들. 진심의 무게를 너무도 잘 알기에, 누군가에게 마음을 쉽사리 열지 않는 사람들. 다소 냉정해 보이는 모든 사람들이, 처음부터 차가웠던 건 아닐 것이다. 쉽사리 애정을 보이지 않는다고 해서, 그 사람의 마음에 처음부터 따뜻함이 없었던 것 또한 아니다. 자기 자신을 다해 사랑을 향했던 사람만이, 사랑의 무게를 안다. 진심을 다해 믿음을 주었던 사람만이, 부서짐의 아픔을 안다. 그러므로 어떤 이의 고독은 역설적으로 따스한 가슴을 품었다는 증거가 된다. 어떤 이의 상처는, 깊이 사랑할 줄 알았던 시절의 흔적이 된다. 누군가의 온기를 꿈꾸면서도, 아직은 조금 더 시간이 필요한 우리들. 어쩌면 우리는 모두 가슴속에 뜨거운 사랑을 품고서도, 사랑이 주는 상처를 견디기 위해 홀로 서는 법을 배워야 하는, 아름답고도 쓸쓸한 존재인지도 모르겠다.

❋ 사랑이란

사랑이 무엇이냐는 질문을 오래도록 품고 있었는데, 결국 모든 것들을 걷어내고 단 한 문장만이 남는다.

누군가의 행복을 소망하는 것.

그것이야말로 사랑이다.
누군가의 행복을 바라지 않는 사랑은 없으므로.

단, 이 문장에는 하나의 절대적인 조건이 필요하다.

문장 앞에 어떠한 전제조건도 붙이지 않는다는 조건.

이것이 참으로 어려운 것이다.

✳ 하늘은 늘 그 자리에

생각해 보면 참 신기한 일이다. 늘 그 자리에 있는 하늘인데, 어떤 하늘은 낮게 느껴지고 어떤 하늘은 높게 느껴진다는 게. 마치 하늘이 제 마음대로 숨바꼭질을 하는 것만 같다. 하지만 하늘은 변한 적이 없다고 한다. 다만 우리의 시야가 달라진다고. 여름 내내 공기를 채우고 있던 습기와 먼지가 걷히면서, 우리는 조금 더 멀리 보게 된다고. 그래서 가을 하늘이 더 높아 보인다고. 그러니까 더 멀리 보라는 말은, 지금 네 눈앞을 가리고 있는 것을 씻어내라는 의미인 것이다. 나는 무엇을 씻어내야 할까. 여름 내내 내 시야를 흐리게 했던 것들. 조급함이라는 이름의 습기, 불안이라는 이름의 먼지. 그것들이 내 앞을 가로막고 있었구나. 하늘은 늘 저 자리에 그대로 있었는데, 내가 보지 못했던 거야.

가만히 생각해 본다. 나는 얼마나 자주 마음이 흐리다고 말했을까. 얼마나 많은 순간 하늘이 낮다고 생각하면서, 정작 내 안의 먼지는 보지 못했을까. 가을하늘이 나에게 말을 걸어오는 것 같다. 네가 바라보는 세상이 흐리다고 느껴질 때, 먼저 네 안의 습기를 걷어내 보라고. 나 자신이 보잘것없다고 느낄 때, 먼저 네 안의 먼지를 털어내 보라고. 너의 시선을 맑게 정돈해 보라고. 그러면 보일 거라고, 늘 그 자리에 있던 것들이 조금씩 보이기 시작할 거라고. 그래서 나는 오늘도 하늘을 올려다본다. 먼지 한 점 없이 맑아진 가을 하늘처럼, 내 마음도 그렇게 맑아지기를 바라며. 저 높이 머물러 있던 수많은 별들을, 이제는 또렷이 볼 수 있기를 소망하며. 마음의 잡념들을 걷어내는 오늘. 내가 나를 사랑하는 방식.

✳ 나의 행복을 가장 소중히 여기는 사람

일상 속에서 나의 행복을 지켜내지 못했던 순간들이 많았다. 출근하자마자 들려온 직장 상사의 사소한 말 한마디에 상처를 받고 하루 종일 마음이 무거웠던 적도 있었고, 지하철에서 우연히 마주친 낯선 사람의 무례한 태도, 이유 없는 비난, 가까운 사람의 무심코 던진 말들이 작은 상처들을 남기기도 했다. 그런 순간들로 인해 자주 흔들렸고, 나의 행복이 흐려지는 것을 느끼기도 했다. 그럴 때마다 나 자신을 돌아보며, 왜 이렇게 사소한 것들에 흔들리는지 자책하기도 했고, 행복이 너무나도 쉽게 무너지는 것 같아 무력감을 느끼기도 했다.

행복은 외부에서 오는 것이 아니라, 내가 스스로 지켜내야 한다는 것을 그때는 몰랐다. 아무리 사소한 일이라도 마음에 깊은 상처를 남기게 두지 않으려면, 내가 먼저 나의 행복을 지켜내야 했다. 남들의 말과 행동이 행복을 좌우하도록 내버려 두는 대신, 나는 나 자신을 보호하고, 나를 기쁘게 하는 것들에 더 집중해야 했다. 나의 행복은, 내가 아니면 누구도 지켜낼 수 없기 때문이다.

살다 보면 나의 행복을 방해하는 가시 돋친 말들이 끼어들기 마련이다. 나를 위한다는 허울을 쓰고 끼어드는 날선 말들. 이유 없이 나를 헐뜯는 목소리, 원치 않게 겪게 된 상황들. 그런 것들을 신경 쓰느라 나의 행복을 홀대 하지 말자. 그런 상황들을 떠올리며 작아지기보다, 나의 행복을 위한 행동들을 착실히 해나가자. 나를 웃음 짓게 하는 것들로 나의 주변을 채우고, 그런 것들을 떠올리며 마음을 채워나가자. 행복은 지켜내는 것이다. 나의 행복을 가장 소중히 여기는 것은 나 자신이다.

❋ 모두를 이해할 수는 없으니까

아무나 이해하려 해서는 안 된다.

이해는 귀한 것이다.

상대의 입장에서 생각하려 노력하고,
때로는 나보다 타인의 입장을 더 들여다보는 것.

나와 다른 부분을 있는 그대로 받아들이는 것.

나와 너무도 다른 가치관을 지녔더라도
한번 더 그 사람을 품어보는 것.

나와 다른 누군가를 이해한다는 것은,
나를 누르고 타인을 안아주는 값진 일이다.

그러므로 이해는 아무에게나 주어서는 안 된다.

나를 상처 입히는 사람을 억지로 이해하려 하거나,
분명한 잘못을 덮어주기 위해 사용해서는 안 된다.

그토록 귀한 이해를
진심 없는 자에게 건네선 안 된다.

불필요한 이해는
내가 나를 상처 입히는 행위와 같으니.

✳ 나를 만드는 나

행동이 사람을 만든다. 당당한 사람이 되고 싶다면, 움츠러든 어깨를 펴고, 흔들리는 시선을 곧게 세우는 연습을 하면 된다. 솔직해지고 싶다면, 피하지 않고 표현하는 행동을 하면 된다. 결단력 있는 사람이 되고 싶다면, 망설임 속에서도 선명하게 선택하는 행동을 하면 된다. 작은 행동들이 모여 새로운 내가 된다. 어제의 나와 다른 행동을 하면, 분명 내일의 나도 달라질 것이다. 모든 변화는 낯설고 두렵지만, 그 낯섦을 견디는 것도 성장의 과정이다. 결국 우리는 우리가 반복하는 행동이 된다. 작은 용기들이 모여 단단한 사람이 되고, 작은 진심들이 모여 진실된 사람이 된다. 나는 인간이 단 하나의 모습으로 고정되는 존재가 아니라는 것을 믿는다. 내가 나를 만들어 갈 수 있다는 사실을 믿는다.

✳ 위안이 되는 것

나이를 먹어갈수록
어린 시절의 순수함이 자리를 뜨고
마음을 전부 터놓을 수 있는
친구의 수가 줄어들며
아무 걱정 없이 배가 아프도록 웃어보았던 기억이
점차 희미해진다.

사랑이 주는 기쁨보다
사랑이 주는 아픔이 또렷해지고,
두려움은 점점 늘어나는데
용기는 점점 줄어만 간다.

그럼에도 위안이 되는 것은,
진짜를 알아간다는 것.

진짜 나를 위한 길을

진짜 친구를

진짜 사랑을

내 마음의 진짜 외침을

어렴풋이나마 조금씩 알아간다는 것.

슬픔 속에서도 버틸 수 있는

나만의 이유들을 그렇게 하나씩 찾아간다는 것.

✳ 나를 일으키는 사소함

삶의 길목에서 나를 일으키는 것들이 있다. 나는 그것을 보통 사소한 순간들이라 부르곤 한다. 사소하지만 아름다운, 어쩌면 찰나에 지나지 않을 순간들. 이를테면 나의 유머가 우연히 들어맞아 소중한 사람을 깔깔거리며 웃게 만드는 순간. 도저히 풀리지 않던 내면의 문제를 문득 깨닫게 되는 순간. 아, 그것 때문에 아팠구나, 하면서 하이파이브를 하게 되는 순간. 오늘은 그냥 이유 없이 기분이 좋다고 확신하게 되는 순간. 내가 원하는 곳으로 한 발짝 더 나아가게 되는 순간. 가까운 이에게 내 존재 가치를 인정받는 한마디를 듣게 되는 순간. 어쩌면 나는 그런 순간들로 삶을 지탱하며 살아가는 것이다. 사소하지만 사소하지 않은 순간들. 찰나에 지나지 않을지라도, 가장 기억에 남는 순간들. 내가 지금 여기에, 분명히 살아 있음을 느끼는 순간들.

✳ 사람 마음은

사람 마음은 뜻대로 되지 않는다.

그러므로 진심을 전해도
뜻하지 않는 실망을 만나게 되기도 하고,
관계의 끝에 홀로 덩그러니 남겨지기도 한다.

하지만 그럼에도 멈추지 말자.
좋은 인연을 향하여 나를 다듬는 일을 포기하지 말자.

스스로를 돌아볼지언정
너무 많은 자책을 하지 말자.

최선을 다했다면,

함께하는 시간 동안 진심으로 상대를 위했다면,

그것으로 충분한 것이다.

한 사람과의 끝이

내 삶의 모든 인연의 끝은 아니다.

최선을 다해 다듬은 나의 마음을 알아봐 줄

또 다른 마음이 있다.

✳ 안부

　하루의 끝에 안부를 물어주는 사람이 있다는 것은 가슴
벅찬 일이다. 당신의 하루가 평소와 다름없이 편안했는지, 혹
시 모를 아픔이 당신의 마음에 문득 끼어들어 온 것은 아닌지.
이유 없이 마음이 가라앉는 하루였는지, 오늘이 지나가는 것
이 아쉬울 만큼 따스한 하루였는지. 하루의 끝에 던지는 사소
한 질문들은 우리의 일상에 녹아, 마음을 터놓을 수 있는 통
로가 된다. 그런 대화 속에서 우리는 좋은 것을 남기고, 나쁜
것을 털어버린다. 그리고 내일을 살아갈 힘을 얻는다. 어쩌면
우리는 하루의 끝에 안부를 묻고, 서로의 이야기에 귀 기울이
는 것으로, '우리가 함께여서 다행입니다'라는 말을 대신 전하
고 있는지도 모르겠다.

❊ 좋은 사람에게는 좋은 사람이 온다

사람이 걸러진다. 당연한 일이다. 사람은 세월이 흐를수록 자연스레 비슷한 부류의 사람들과 함께하게 되어 있다. 말을 예쁘게 하는 사람은 그런 사람들 틈에 함께하게 된다. 사소한 배려를 애정하는 사람은 그런 사람들과 시간을 보내게 된다. 좋아하는 것을 향해 마음이 기울기 때문이다. 자꾸만 상처를 주는 사람과 함께하기 위해 너무 노력할 필요 없다. 그런 사람에게 맞추느라 나의 색깔을 잃을 필요도 없다. 스스로의 빛깔을 사랑해야 한다. 나만의 색을 아끼고 지켜내야 한다. 나와 닮은 사람들이 나를 알아볼 수 있도록. 좋은 사람에게는 좋은 사람이 온다.

✳ 일상 속 행복을 찾아내야지

행복은 생각보다 멀지 않은 곳에 있음을 느낍니다. 종종 행복이 커다란 목표나 미래의 성취에만 있을 것이라 생각했지만, 사실 행복은 일상의 작은 순간들에 숨어 있었습니다. 아침에 눈을 떴을 때 아침 인사를 나눌 사람이 있다는 것. 커피 한 잔의 따스함, 내 뺨을 스치는 부드러운 바람. 행복은 우리가 얼마나 많은 것을 소유하고 있느냐가 아니라, 우리에게 주어진 것들을 어떻게 인식하고, 얼마나 감사할 줄 아는지에 달려 있는지도 모릅니다.

우리는 종종 큰 행복을 추구하며 작은 기쁨들을 간과합니다. 그러나 오히려 진정한 행복은 일상에 녹아든 작고 소박한 것들에서 비롯됩니다. 행복은 거창한 것이 아닙니다. 봄바람에 나무가 춤을 추는 모습을 바라보는 것. 사랑하는 이의 웃음소리를 듣는 것. 소중한 이들과 맛있는 음식을 먹으며 소소한 대화로 저녁을 물들이는 것. 이 모든 것들이 우리에게 주어진, 무엇과도 바꿀 수 없는 행복의 조각들입니다.

일상 속에서 행복을 찾는 것은 연습이 필요합니다. 노력하지 않으면 당연하게 여기며 지나치게 될 테니까요. 발견하지 못하고 자주 지나치다 보면, 행복을 인식하는 법을 잃어버리게 될 테니까요. 힘든 순간이 올 때면, 내 삶에 행복이 존재하지 않는 것처럼 착각하게 될 테니까요. 그러므로 우리는 의식적으로 좋은 순간들을 인식하고, 감사의 마음을 키우며, 긍정의 메시지를 되뇌어야 합니다. 이런 작은 습관들이 모여 결국 우리의 삶을 변화시키고, 우리가 원하던 행복을 현실로 만들어 낼 것입니다.

오늘, 지금, 이 순간부터, 내 곁에 머무는 자칫 사소해 보일 수 있는 소중한 순간들을 향해 감사를 전해보는 것은 어떨까요. 그러한 순간들을 함께해 주는 소중한 존재에게 힘껏 진심을 표현해 보는 것은 어떨까요. 행복은 멀리 있지 않습니다. 행복은 바로 여기, 우리가 스치듯 떠나보내고 있는 일상에 분명히 녹아 있습니다. 자주 돌아보고 자주 느껴요. 소중한 것들로 우리의 일상을 채워요. 그렇게 더욱 선명하게 우리만의 행복들을 그려나가요. 일상을 소중히 여긴다는 것은, 행복에 소홀하지 않다는 뜻입니다. 일상의 순간들을 소중한 것들로 채워낸다는 것은, 나의 행복을 위해 최선을 다하고 있다는 뜻입니다.

4

불그스레
다정한 마음들

*

﹡ 변화하는 계절

차가운 바람이 불어온다. 나뭇잎들은 이제 자신의 색을 바꾸기 시작했다. 어제까지 푸르렀던 잎이 오늘은 옅은 붉은빛을 띠고, 내일은 더 짙은 빛깔로 물들 것이다. 잎은 시간을 머금고 변화한다. 우리도 더 많은 시간을 견뎌낼수록 더 깊은 빛을 갖게 되는 걸까. 가을은 그렇게 우리에게 속삭인다. 시간의 흐름을 두려워하지 말라고. 변화는 결코 후퇴가 아니라고. 새로운 모습으로 피어나는 것이라고.

우리는 모두 각자의 계절을 지나며 변화하고 있다. 때로는 한 걸음도 나아가지 못할 것 같은 날들도 있다. 하지만 우리는 알고 있다. 나뭇잎이 하루아침에 물들지 않듯이, 모든 변화에는 시간이 필요하다는 것을. 가을은 우리에게 가르쳐준다. 변화는 결코 쉽지 않지만, 그 과정이 우리를 더 찬란하게 만든다는 것을. 끝이라고 생각했던 순간이 오히려 가장 선명한 빛을 내는 시작일 수 있다는 것을. 어제의 나와 다른 오늘의 내가 있고, 또 다른 내일의 내가 있을 것이다. 이 모든 순간이 나를 완성해 가는 과정이다. 변화는 이렇게 찾아온다. 누군가는 먼저, 누군가는 조금 늦게. 하지만 우리는 모두 결국 우리만의 빛깔로 물들어간다. 이러한 과정 전부가 우리의 이야기다.

* 여린 것은 약한 게 아니잖아요

살다 보면 마음이 여리고 예쁜 사람을 종종 만나게 된다. 타인에게 언제나 친절하고, 타인의 감정을 누구보다 배려하는 그들은, 함께하는 것만으로 따스한 기운을 느끼게 한다. 하지만 가슴 아픈 일은, 그들이 무례한 사람들로 인해 자신의 색을 잃어간다는 것. 여린 마음을 이용하려 드는 사람들로 인해 자신의 아름다운 부분들을 문제라 여긴다는 것. 그러나 같은 색을 품은 사람들은 안다. 가치는 아는 사람에게만 보인다. 당신의 잘못이라 생각하지 않기를. 크고 작은 상처들로 인해 자신의 색을 잃어가지 않기를. 당신의 가치를 알아봐 주는 사람 곁에서, 의심 없이, 충분히 행복하기를.

⁂ 나의 고유함을 지켜내는 일

우리는 살아갈수록 세상의 시선들에 익숙해진다. 그 시선들은 우리도 모르는 새 우리의 삶에 스며든다. 그렇게 타인의 눈초리에 내 삶을 맡긴다. 타인에게 어떻게 보일지를 고민하고, 내가 향하고 싶은 곳이 있음에도 타인의 평가가 두려워 걸음을 옮기지 못한다. 그렇게 우리는 조금씩 타인의 시선 속에 갇혀 살아간다.

나답게 살아간다는 것은 무엇일까. 아마 이런 것일 테다. 타인의 시선을 두려워하지 않는 것. 타인을 배려할지언정, 눈치를 보지 않는 것. 때로는 타인이 아니라 내 마음이 진정 외치는 것을 선택할 줄 아는 것. 남들과 같은 길을 걷는 것도 나의 선택이고, 다른 길을 택하는 것도 나의 선택이다. 이러한 선택에 두려움이 끼어들 자리는 없다. 타인의 평가는 무궁무진하다. 인간은 모두 개별적인 시선을 가진 존재이며, 그 시선 모두를 충족시키며 살아갈 수는 없다. 나만의 고유성을 인정하고 사랑하자. 일상의 무수한 순간들 사이사이를 나만의 고유한 것들로 채워나가자. 내 마음의 진실이 타인의 판단으로 얼룩지지 않도록. 타인의 인정보다 나 자신의 애정을 앞자리에 둘 수 있도록. 내가 나라는 사실만으로 충분하다는 사실을 진정으로 믿을 수 있는 순간, 우리는 비로소 타인의 시선으로부터 진정 자유로워질 수 있을 것이다.

✳ 당장의 실패로 나의 삶을 내어주지 말 것

삶은 끊임없는 도전의 연속이다. 누구나 크든 작든 매일 무언가에 도전하며 살아간다. 그리고 도전하는 한, 분명히 실패를 겪는다. 그러나 우리는 종종 이 실패를 지나치게 심각하게 받아들인다. 마치 한 번의 실패가 나의 존재를 송두리째 흔들어 놓을 것처럼, 마치 그것이 나의 삶을 규정짓는 절대적인 기준인 양.

한 번의 실패가 우리의 삶을 정의할 수는 없다. 우리가 실패했다고 해서 그 실패가 나 자신의 전부를 결정짓지 않는다. 실패는 경험의 일부일 뿐이며, 우리를 성장시키는 소중한 자원이다. 우리는 실패를 통해 배우고, 더 나은 선택을 할 수 있는 기회를 얻는다. 그러므로 당장의 실패로 인해 삶을 포기하거나 스스로를 저평가하지 말아야 한다.

어떤 성공도 마찬가지다. 우리가 누리는 성공 뒤에는 수많은 실패와 노력의 흔적이 남아 있다. 모든 대가와 노력, 실패가 쌓여서 우리가 원하는 결과를 이룰 수 있게 해주었다는 사실을 잊지 말아야 한다. 그러니 실패를 두려워하지 말고, 그것을 단지 지나가는 과정으로 받아들이자. 중요한 것은 실패를 대하는 태도다. 실패가 나를 정의할 수 없음을 깨닫고, 그 순간에도 나 자신을 잃지 않는 것이야말로 중요한 것이다.

당장의 실패로 나의 삶을 내어주지 말고, 그 실패에서 일어나는 법을 배우자. 실패가 우리의 길에 걸림돌이 아니라 디딤돌이 될 수 있도록. 우리의 여정은 계속되며, 그 속에서 우리는 더 강해질 것이다. 어떤 실패도 우리의 가치를 떨어뜨릴 수 없다.

✻ 뒤늦게 알게 되는 것들

그때는 몰랐다.

세상이 나를 알아주지 않더라도
나는 여전히 온전한 나라는 것.

때로는 길을 잃는 것도
하나의 길이라는 것.

모든 것이 나의 선택이고 책임이기에
비로소 자유로울 수 있다는 것.

공허는 단순히 비워진 공간이 아니라
무언가를 채울 수 있는 여백이라는 것.

손 뻗으면 닿을 자리에 누군가 있는 것만으로
나는 결코 혼자가 아니라는 것.

타인을 사랑하는 마음은,
나를 사랑하는 마음 위에
비로소 쌓을 수 있다는 것.

그리고,
내가 나를 사랑하는 일에는
아무런 조건도 필요치 않다는 것.

그때는 알지 못했기에,
많이 아프기도 했던 순간들.

하지만 그 시간들이 있었기에
더 중요한 것들을 알게 된 거겠지.

이제는 마음에 새길 수 있으므로
온 마음 담아 쓰다듬고 싶은 나날들.

나의 과거.
지금의 나를 만들어 준 시절.

우리의 지금은 언제나
과거에 빚을 지고 있다.

✳ 말랑한 사람들

　　말랑한 사람에게는 말랑한 사람이 어울립니다. 말랑한 사람이 날카로운 사람을 만나면, 사소한 말 한마디에도 주눅 들게 되거든요. 뾰족한 말을 만나기라도 하면, 내가 잘못한 것이 있나 계속해서 곱씹게 되거든요. 말랑한 사람을 좋아하시나요. 나는 좋아합니다. 더 정확히 말하면, 말랑한 사람이 소중한 사람을 대하는 방식을 좋아합니다. 그들은 자신의 마음이 말랑하기 때문에, 다른 사람의 말랑한 부분을 알아줄 줄 아는 사람이거든요. 소중한 이의 마음을 누구보다 부드럽게 대할 줄 아는 사람이거든요. 누구에게나 말랑한 것이 아니라, 내 사람 앞이기에 한없이 말랑해지는, 그런 사람이거든요. 말랑한 사람이 많은 세상이었으면 좋겠습니다. 말랑한 것이 만만한 것이 아닌 세상이길 바랍니다. 누군가의 앞에서만큼은 마음껏 말랑할 수 있는 우리이기를 바랍니다.

✳ 만만한 것이 아니잖아요

진심을 다 하는 것을
만만한 것으로
여기지 않는 사람이 좋다.

상대가 주는 소중한 마음에
흙탕물을 끼얹지 않는 사람.

관계가 아무리 깊어지더라도
결코 당연한 것은 없음을 아는 사람.

당연하게 여기는 순간,
감사함은 사라진다.

끊임없이 되짚지 않으면,
곁에 있는 사람의 소중함을 놓치기 쉽다.

그러므로 자주 돌아보기를.

지금껏 내 곁을 지켜준 사람의
아름다운 모습을 자세히 바라보기를.

내 사람의 한결같은 마음을
외로움 속에 방치하지 않기를.

끊임없이 마음을 건네도
마냥 행복할 수 있는 관계이기를.

✳ 우리를 위한 여백

누군가를 좋아할 때,
공간을 비워두는 사람들이 있다.

서로를 위한 여백을 만들어 두는 것이다.

그것은 편안함을 위한 공간이다.

좋아한다는 이름하에
서로를 힘들게 하지 않기 위해서.

누군가를 너무 좋아하다 보면,
우리는 자주 고장 날 수 있음을 알기 때문이다.

정체를 알 수 없는 서운함과
욕심이 차오르기 때문이다.

사람과 사람 사이의 여백은
서로를 위한 배려다.

덜 좋아하기 때문이 아니라,
더 잘 좋아하기 위함이다.

✳ 다정의 깊이

다정하다는 것은 생각보다 어려운 일이다. 바쁜 일상 속에서도 타인의 마음을 살피고, 때로는 자신의 손해를 감수하면서까지 베푸는 마음을 지키는 일이니까. 나는 그런 다정함이 몸에 밴 사람들을 보면 그들이 지나온 시간이 궁금해진다. 얼마나 많은 순간 타인을 향해 마음을 열었을까. 얼마나 많은 고민과 노력으로 자신의 마음을 다듬었을까. 무르익은 사람의 다정함에는 그런 깊이가 숨어 있다. 단순히 친절한 것을 넘어, 타인의 감정을 이해하고 공감할 줄 아는 것. 자신이 소중하듯 타인 또한 소중 한 존재임을 아는 것. 우리를 위한 적절한 거리. 진중한 침묵. 노력 없이 만들어 낼 수 없는 일상의 모습들. 다정의 깊이는 마음을 다듬어 온 시간의 증명이다.

* 나에게 친절하기를

언제부터였을까
나 자신에게 무관심한 채,
다른 무엇을 좇으려 애쓰기만 하며
내 마음을 덮어두었던 시간이.

하루하루를 버텨내느라
작은 위로조차 내게는 사치라 생각했다.
그렇게 흘러가는 시간 속에서,
내 안의 목소리는 점점 더 작아졌고
나는 나를 잃어갔다.

하지만 이제는 알겠다.
내가 가장 먼저 들어주어야 할 목소리는
바로 내 안의 나.
내가 나를 사랑하지 않으면,

그 누구도 나를 대신 사랑해 줄 수 없다는 걸.

그러니, 이제는 나에게
조금 더 친절하기로 한다.

아무도 모르는 내 아픔을,
아무도 알지 못하는 내 고독을
누구보다 내가 이해해 주기로.

실수를 해도 괜찮다.
내일이 막막해도 괜찮다.
누군가의 기대에 미치지 못해도,
너는 너로서 충분히 괜찮다고
나 자신에게 말해준다.

누가 뭐래도 지금은 내가 나를
돌보아야 할 시간이니까.

홀로 눈물짓던 나에게.
너무 아파서 말할 수 없었던 그 모든 상처들에게,
괜찮다고,
그저 이대로도 충분하다고,
충분히 잘 해내고 있다고,
내가 나에게 속삭여 줄 수 있기를.

마음속 깊은 곳에서 다시 한번,
나 자신을 안아주기를.

세상에 가장 아름다운 위로는

바로 나 자신이 내게 보내는 친절이라는 것을

이제는 느낄 수 있게 되기를.

✳ 숨겨둔 얼굴

누구에게나 숨겨둔 얼굴이 있다. 세상에 내보이지 않는 반대쪽 얼굴. 더 이상 사람에게 기대를 걸지 않는 사람의 반대쪽 얼굴에는 누구보다 사람을 애정했던 시간이 있고, 늘 아무렇지 않은 척 밝게 웃는 사람의 뒤편에 숨겨진 쓸쓸함이 있다. 그러므로 우리는 누구도 섣불리 판단할 수 없다. 그 사람이 감추던 헤어질 수 없는 시절을, 그 시절을 지나온 보이지 않는 얼굴을, 몇 번의 만남으로 알아챌 수 없기 때문이다. 그러므로 누군가를 알기 위해서는 시간이 필요하다. 서로에게 감추던 얼굴을 꺼내놓을 시간. 그렇게 우리는 가벼운 농담과 우스운 이야기들로 그 시간을 채운다. 서로에게 아직 꺼내 보일 수 없는 얼굴을 감춰둔 채. 그리고 언젠가 서로의 민낯을 껴안아 줄 그 순간을 기다리며.

✳ 엄—마

태어나서 내가 가장 먼저 발음했던 말이 뭐냐고 물으니 엄마가 당연하다는 듯 대답하신다. '엄마'지. 그렇구나. 나는 이 세상에 태어나서 엄마를 가장 처음으로 발음했구나. 그렇게 고개를 끄덕거리니 엄마가 덧붙이신다. 엄마가 엄마 소리를 듣고 싶어서 욕심내서 계속 가르쳤거든. 혹시 모르지. 다른 말을 먼저 가르쳤으면 다른 말을 먼저 했을지도.

그랬구나. 그 이후로 나는 계속해서 엄마를 불렀구나. 걷다가 넘어지면 엄마. 배가 고프면 엄마. 물컵이 엎어져서 깨지면 엄마. 용돈이 떨어지면 엄마. 수능을 망치고 엄마. 인생 첫 면접에 떨어지고 나서 엄마. 되는 일이 없어서 버거울 때면 엄마. 힘겨운 감정 풀어낼 곳이 없으면 엄마. 그때부터 나는 필요할 때마다 엄마를 찾았구나.

오랜만에 찾아간 엄마의 집. 예전에는 우리 집이었는데, 이제는 자식들 전부 출가하고 텅 비어버린 엄마의 집. 함께 티브이를 보다 부쩍 늘어난 엄마의 흰머리를 보며 생각한다. 언젠가 엄마, 하고 불러도 대답 없는 날이 오겠지. 그래서 다시는 엄마하고 발음하지 않을 날이 오겠지. 그런데도 자주 머뭇거리는구나. 쑥스럽다는 핑계로 사랑한다는 말은 뒷전으로 미루고, 짜증 섞인 대답만을 던져대는구나.

엄마라는 발음은 참 쉽다. 입술을 오므렸다가 떼기만 하면 부를 수 있다. 엄-마. 그러니까 그리 쉽게, 필요한 것이 있을 때마다 그리 자주 불러댔던 것이다. 내 웃음을 위해 당신의 눈물을 감추셨던 엄마. 내 미래를 위해 당신의 현재를 내어주셨던 엄마. 내 행복을 위해 당신의 젊음을 바치셨던 엄마. 엄마라고 불리는 게 삶의 가장 중요한 가치셨던 엄마. 언제나 당신의 삶보다 나의 삶이 우선이었던 엄마.

이제는 그 시절의 철없음을 덜어내고, 조금 다른 의미를 담아 부르고 싶은 그 이름. 발음하긴 참 쉽지만, 그 두 글자에 담긴 그 깊은 의미를, 그 온전한 무게를 나는 여전히 알지 못한다.

엄마.
엄마.
엄—마.

✳ 단풍의 페이지

쓸쓸한 낙엽들이 빗자루에 쓸려 나간다. 한때는 그토록 붉었던 것들이 이제는 모두 갈색으로 변해버린 뒤. 누군가의 발걸음에 밟혀 힘없이 부서지고, 무엇에도 매달려 있지 않기에 바람결에 힘없이 땅 위를 구른다. 우리가 나누었던 지난날의 약속처럼. 기대어 나누던 이야기처럼. 세상의 색채들은 언젠가 사라지고야 만다는 너의 말처럼. 하지만 여전히 붉은빛을 간직하고 있는 단풍이 있다. 시간이 멈춘 듯 선연한 빛깔로, 지난 세월을 고스란히 지켜내고 있는 잎새가 있다.

늦여름 바람에 흩날리던 너는 금세 붉은빛으로 세상을 물들였지. 햇살은 너의 손을 잡고 춤을 추었고, 그림자는 너를 살며시 덮어줬어. 그러나 그 화려한 무대도 끝이 나고 너는 조용히 땅 위로 내려앉았지. 이제 나는 너를 조심스레 들어올린다. 아직도 따스한 너의 손끝을 마주 잡듯이. 책장 사이에 살며시 눕혀두면, 너는 다시 춤출 수 있을까. 시간을 되돌릴 순 없지만. 우리가 나누었던 그 찬란한 순간만큼은 붉음을 간직하리. 새 이불을 덮고 잠들며 또 한번 이야기로 다시 피어나리. 끝내 내 마음을 지키는 갈피가 되리.

☀ 당신은 나의 유일한

두 사람이 함께 건너온 세월 속에는, 서로를 위한 노력의
시간들이 고스란히 녹아 있다. 다름을 마주할 때마다 서로의
입장을 헤아리려 애쓰는 순간들. 내 의견을 누르고 상대의 의
견에 귀 기울이는 순간들. 나와 전혀 다른 삶을 살아온 상대
를 있는 그대로 받아들이기 위해 노력하는 순간들. 그 모든 순
간들을 겪어내며 우리는 비로소 서로에게 행복을 전할 수 있
는 방법을, 그리고 상대에게 아픔을 주는 행동을 피할 수 있는
방법을 알게 된다. 나는 그러한 과정을, 배려가 쌓여가는 과정
이라 부른다.

우리는 서로를 알아가며 서로를 가장 행복하게 만들어
줄 수 있는 배려를 쌓아간다. 쑥스러워서 언어로 마음을 표현
하지 못했던 사람이, 상대를 위해 용기를 내어 조금씩 마음을
전하게 된다. 혼자만의 시간을 중요하게 여기던 사람이, 함께
하는 시간을 소중히 여기는 상대를 위해 조금 더 많은 순간을

나누려 노력하게 된다. 습관처럼 던지던 농담이 상대를 아프게 한다는 걸 알게 되어 말을 고르게 되고, 무심코 하던 행동이 상대의 마음을 불안하게 한다는 걸 깨달아 조심스러워진다. 나도 모르게 상대의 취향을 기억하게 되고, 상대가 좋아하는 것들을 자연스레 선택하게 된다. 그렇게 우리는 서로의 행복을 위해 조금씩 변화한다. 그 변화가 어렵지 않은 이유는, 상대를 향한 마음이 깊어질수록 그의 행복이 곧 나의 행복이 되기 때문일 것이다.

어쩌면 우리는 상대에게 행복을 전하기 위해, 우리는 끊임없이 서로에 대해 알아가려 노력하는지도 모른다. 서로의 취향을 알아가고, 상대가 원하는 것을 배워가며, 그렇게 서로의 삶에 언제든지 행복을 전할 수 있는 유일한 사람이 되어가는 것이다. 그리고 그 시작은 '다름'을 인정하고 사랑하는 것에서부터 출발한다. 나를 행복하게 하는 것이 무조건 상대를 행복하게 만들 것이라 생각하지 않는 것. 진정 상대가 원하는 것을 알고자 끊임없이 상대를 들여다보며, 상대가 좋아하는 행동으로 모든 순간을 채우는 것. 서로의 다름을 인정하고, 상대가 중요시하는 것들을 마음 깊이 새기는 것. 상대가 아파하는 부분들을 부드럽게 깎아내고, 더 많은 순간 행복을 전할 수 있도록 노력하는 것. 오랜 시간을 함께한 두 사람만이 나눌 수 있는 것들이 있다. 그것은 긴 시간 동안 서로를 이해하려 노력했기에 전할 수 있는 특별한 선물이다. 서로의 마음을 읽을 수 있는 단 한 사람이 된다는 것, 그보다 더 아름다운 일은 없을 것이다.

⁂ 담아둔 이야기

　　누군가를 향해 마음을 열게 되는 순간, 자신의 담아둔
사연을 꺼내는 사람이 있다. 자신의 삶에 찾아든, 혹은 찾아왔
던 크고 작은 이야기들을 하나, 둘 얘기하는 사람. 설사 아픔
이 녹아 있는 과거일지라도 용기내서 털어놓는 사람. 무엇 때
문에 자신의 약한 모습을 상대에게 드러내는 걸까. 굳이 자신
의 지난 상처를 상대 앞에 꺼내 보이는 이유가 무엇일까.

　　어쩌면 그 사람은 다가가고 있는 것인지도 모른다. 어떤
아픔도 함께 나눌 수 있는 관계로 나아가고 싶다고 말하고 있
는 것인지도 모른다. 혼자보다 함께일 때 굳건할 수 있도록 손
을 내밀고 있는 것인지도 모른다. 함께 걷자고 말하고 있는 것
인지도 모른다.

　　마음을 나눈다는 것은 참 특별한 일이다. 그저 위로가 필
요해서가 아니라, 서로의 삶에 더 가까이 다가가고 싶어서 우
리는 기꺼이 마음을 열어 보인다. 각자의 마음속 이야기를 숨
겨둔 채 우리는 깊은 관계를 만들어 갈 수 없다. 서로의 어깨

를 내어주지 않는다면, 결코 없어선 안 될 존재가 될 수 없다. 자신의 마음속 상자를 열지 않는 자에게는 우리의 이야기를 채울 기회가 주어지지 않는다.

거절 받을 두려움을 무릅쓰고 자신의 깊은 이야기를 털어놓는 누군가의 마음에는 서로의 어떤 부분도 안아줄 수 있는 관계로 함께하고 싶다는 진심이 담겨 있다. 만약 누군가 당신의 감춰둔 이야기를 조심스레 묻는다면, 거절 받을 두려움을 무릅쓰고 당신에게 마음속 이야기를 꺼내놓는다면, 부디 가볍게 지나치지 않기를. 의지할 줄 아는 용기를 갖고, 누군가에게 어깨를 내어줄 수 있는 지혜를 가진, 그렇게 서로에게 없어선 안 될 존재가 되어 함께 걷자며 마음을 건네는 상대의 진심을 외면하지 않기를. 어떤 이야기도 꺼내놓을 수 있는 관계가 될 때 비로소 진짜 사랑이 시작된다. 처음의 뜨거움이 사라지더라도 변하지 않는 따듯함으로 언제까지나 함께 걸을 수 있는 진짜 인연이 된다.

✳ 고운 말

말을 예쁘게 한다는 것은
단순히 겉으로 듣기 좋은 말을 하는 것만을
의미하지 않는다.

말에는 많은 것들이 담겨 있다.

삶을 향한 태도.
인연을 대하는 방식.
함께하는 순간들에 대한 이해.
작은 것들을 헤아리는 마음.
자신의 말이 지닌 무게에 대한 책임.

그러므로 우리는

예쁜 말을 하는 사람을 좋아하는 것이 아닐까.

그 사람의 내면에 대한 반영이니까.

진심이 말속에 가득 채워져 있음을 알고 있으니까.

내면이 아름다운 사람이 전하는 말에는 울림이 있다.

말에는 마음이 담긴다.

✽ 사랑의 형체

　우리는 누군가를 사랑하기 시작하면, 그 사람에게 행복이 머물기를 바란다. 그 사람의 일상이 온통 행복으로 물들었으면 바라고, 그 사람의 밤에 아픔이 찾아들지 않기를 소망한다. 그리고 그 행복의 이유의 가장 커다란 자리를 내가 차지할 수 있기를 간절히 바란다. 하지만 사랑을 하다보면 사랑을 시작하며 가졌던, 그리고 사랑을 하며 당연히 가져야 할 마음가짐을 잃는다. 서로의 걸음을 맞추어 나가는 과정 속에서, 나도 모르게 자신의 욕심을 앞세우게 된다. 서로를 이해하지 못했던 순간들이 쌓여, 때로는 자신의 마음을 보호하기에 급급하게 된다. 서로에게 행복을 전하기 위해 시작했던 관계는 그렇게 각자의 행복만을, 각자의 편안만을 좇게 된다.

　사랑은 보이지 않고 만질 수도 없기에 자주 우리를 방황하게 한다. 하지만 때로는 그 보이지 않는 사랑의 모습을 발견하게 되는 나만의 순간이 있다. 한 사람이 누군가에게 행복을 전하고자 애쓰는 모습. 그 모습을 발견할 때면, 나는 사랑의 분명한 형체를 목격한다. 누군가 나를 사랑하고 있는지 알고 싶다면, 그 사람이 내게 행복을 전하고자 노력하는지를 떠올려 보면 된다. 누군가를 향한 나의 마음이 변하고 있는지 알아보고 싶다면, 그 사람의 행복을 진심으로 바라고 있는지 돌아보면 된다. 사랑을 시작하며 처음 가졌던, 상대를 행복하게 만들어 주고 싶다는 마음을 그대로 간직하고 있는지를 떠올려 보면 된다. 사랑을 하고, 삶을 함께 걷다보면 원치 않는 고난을 만나게 된다. 서로를 향한 커다란 마음으로 인해 서운함을 느낄 수도 있고, 순간의 소홀함으로 서로에게 의도치 않은 상처를 줄 수도 있다. 하지만 우리가 그 모든 고난을 극복할 수 있는 이유는 서로에게 행복을 전하고 싶다는 마음을 간직하고 있기 때문이다. 우리는 그러한 마음 하나로 그 모든 고난을 함께 넘어간다. 사랑은 행복을 전하고 싶다는 마음이 없이는 결코 피어날 수 없다.

☀ 시련을 바라보는 나의 시선

삶을 살아가다 보면 누구나 한 번쯤은 뜻대로 되지 않는 순간을 마주하게 된다. 열심히 노력해도 결과가 따라주지 않을 때, 예상치 못한 어려움이 닥칠 때, 누구나 좌절감을 느끼기 마련이다. 그럴 때마다 왜 이런 일이 나에게 일어나는지, 왜 내가 이런 고통을 겪어야 하는지 묻곤 했다. 불확실한 미래에 대한 두려움과 지금 당장의 고통에 매몰되고, 때로는 모든 것을 포기하고 싶다는 생각이 들기도 했다.

그러나 그 모든 시련들을 지나며 깨달은 것이 있다. 그 시련들이 나를 더 나은 사람으로 성장시켰다는 사실이다. 실패와 좌절은 단순히 고통의 시간이 아니었다. 그 과정 속에서 나는 중요한 교훈을 얻었고, 무엇보다 나 자신을 깊이 이해하게 되었다. 때로는 이겨내는 법을 배우고, 때로는 나의 한계를 확인하면서 나는 조금씩 더 강해졌다. 시련을 겪으면서 나는 내면과 깊이 대화할 수 있었고, 그 대화는 나를 더욱 단단하게 만들어 주었다.

이제는 시련이 찾아오면, 피하는 법을 익히고자 노력하기보다, 새로운 시각으로 바라보고자 애쓴다. 그 시간을 겪어내고 있는 나 자신과의 대화를 진심 어린 대화를 멈추지 않는다. 때로는 주저앉을 지라도, 결국 굳건히 일어설 수 있음을 믿는다. 이제는 내 삶에 찾아온 시련을 어떻게 바라볼 것이냐 하는 것은 오롯이 나의 몫임을 안다. 누구도 겪지 못한 나만의 시련이다. 그러므로 나는 이러한 시련이 나를 더 나은 사람으로 만들어 줄 것임을 믿기로 선택하는 것이다.

✳ 내 곁에 있는 사람

자신의 전부를 던지며 나를 사랑해 주는 사람. 어떠한 조건도, 계산도 없이 내 곁에 머무르는 사람. 이 사람이 내게서 등을 돌린다는 것이 도저히 상상조차 가지 않는 사람. 어리석은 자는 바로 그 사람의 그러한 면으로 인해 소홀해지고, 현명한 자는 그 사람의 그러한 면으로 인해 끊임없이 감사함을 느낀다. 어리석은 자는 그 사람의 그러한 면으로 인해 자신이 대단한 사람이라 착각하고, 현명한 자는 그 사람의 그러한 면으로 인해 상대의 사랑이 얼마나 값진 것인지를 깨닫는다.

확실한 것 하나.
세상 어디에도 당연하게 머무는 사랑은 존재하지 않는다.

사랑이 떠나간 후 뒤늦게 찾아오는 후회는 대부분 곁에 있기에 내가 미처 알아보지 못한 모습과 닿아있다. 가까이 있기에, 당연히 내 곁에 있어줄 거라 믿었기에 자세히 들여다보지 못한 모습들. 나를 향한 그 사람의 사랑이 그저 주어지는 것이 아님을 알았을 때, 우리는 지나간 시절을 향해 손을 뻗는다. 그 사람이 지니고 있던 커다란 가치에 대하여 뒤늦게 깨닫는다.

글을 적으며, 나 자신에 대해 돌아본다. 나는 상대의 어떤 어여쁨을 지나치고 있는가. 무수히 많은 장점을 나의 욕심으로 가리고 있는 것은 아닌가. 상대가 내게 주는 커다란 마음과, 그 사람이 머금고 있는 수많은 아름다움을 바라보지 못한다면, 우리는 영영 사랑을 옆에 둔 채 행복할 수 없을지도 모른다.

✳ 끊임없이 스스로를 돌아보는 당신

어지러운 마음을 들여다보는 것은 괴롭다.
계속해서 자신을 되돌아보는 것은 어렵고,
끊임없이 부족함을 인식하는 것은 아프다.

그럼에도 내 안을 들여다본다.
잔뜩 흐트러진 마음을 계속해서 정돈하고
나의 부족함을 끊임없이 바라본다.

가끔은 그런 생각이 든다.

무엇 때문에 자꾸만 돌아보는 것인가.
무엇 때문에 나의 부족함을 계속해서 들춰내는 것인가.

때로는 그런 나 자신이 너무 복잡하게 느껴진다.
군이 만날 필요 없는 고민을 만나는 것 같고,
쓸모없는 불행을 스스로 만들고 있는 것 같기도 하다.

하지만 분명히 기억해야 할 것이 있다.
스스로를 향한 애정이 없다면,
나의 삶을 향한 간절함이 없다면,
우리는 스스로의 마음을 들여다보지 않는다는 것.

어쩌면 당신은 알고 싶은 것이다.
당신이 진정 좋아하는 것은 무엇인지,
당신이 가치를 두어야 할 것은 무엇인지,
당신은 어떤 삶을 만들어 가고 싶은지.

절실하게 알고 싶은 것이다.

자신의 모난 구석을 깎아내고 싶은 것이고,
흔들리지 않는 걸음으로 걸어가고 싶은 것이고,
세상이 아닌, 나의 목소리를 듣고 싶은 것이다.

당신은 당신에게,
좋은 사람이 되고 싶은 것이다.

당신은 당신에게,
좋은 삶을 선물하고 싶은 것이다.

✳ 그런 일도 있는 것이다

견디기 힘든 상황 속에 놓일 때마다
나를 일으키는 마법의 주문.

그런 일도 있는 것이다.

최선을 다했지만 결과가 좋지 않을 때도,
간절히 원했던 것을 놓쳐버렸을 때도,
믿었던 사람에게 상처받았을 때도,
모든 것이 무너져 내리는 것만 같을 때도.

그런 일도 있는 것이다.

깊은 어둠 속에서 길을 잃은 것 같은 날에도,

아무도 내 마음을 알아주지 못하는 것 같은 순간에도,

혼자만 뒤쳐진 것 같은 기분이 들 때에도,

모든 노력이 헛된 것처럼 느껴질 때에도.

그런 일도 있는 것이다.

슬픔도, 실패도, 좌절도, 후회도

우리 삶에 찾아오는 자연스러운 순간들.

그것들이 영원할 것 같지만

그렇지 않다는 것을 우리는 안다.

무너진 마음을 조금씩 추스르고
다시 한 걸음 내딛는 용기를 배우고
또다시 시작할 힘을 얻어가는 것.
그것 또한 우리 삶의 한 부분이다.

그러니 오늘 하루도
'그런 일도 있는 것이다'라고
스스로를 토닥여 주며
조금 더 나아가 보려 한다.

삶이란 그런 것이니까.
우리는 그렇게 살아가는 것이니까.
모든 순간이 완벽할 수는 없지만
모든 순간이 부서지지도 않는 것.

그런 일도 있는 것이다.
좋은 일도 피어날 것이다.

❋ 행복의 모습

서툰 사랑을 하듯 행복을 대하는 순간부터 우리는 조금씩 주저앉는지도 모른다. 가만히 있어도 내게 알아서 다가와 주길 바랄 때. 무슨 일이 있어도 내가 원할 때마다 찾아와 달라고 마구 떼를 쓰게 될 때. 늘 내 마음에 쏙 드는 모습이길 바라며 욕심을 부릴 때. 잠시라도 자리를 뜨면, 내가 살아가는 유일한 이유가 사라진 것처럼 서러워할 때. 내게 찾아오는 것을 당연하게 여길 때. 그런 순간이 찾아올 때면 나는, 행복을 대하는 태도에 대하여 생각해 본다.

내 마음의 중심을 통째로 차지하고 있는 존재일수록, 내 모든 것을 걸고 의지하는 존재라고 믿어질수록 우리는 그것에 더 큰 바람을 품게 된다. 내가 먼저 다가서기보다는 내게 먼저 와주기만을 기다리게 된다. 당연하게 그래야만 한다고 여기기에 내 곁에 머문다는 것의 소중함을 잊기도 하고, 심지어 더 많이 찾아오지 않는다며 화를 내기도 한다. 그러나 행복은 그런 것이 아니다. 언제나 내게 찾아와야만 하는 것이 아닐 것이고, 가만히 있는 내게 먼저 말을 건네주지 않을지도 모른다.

　나는 당신에게 행복이 편한 친구처럼 찾을 수 있는 것이면 좋겠다. 너무 까다롭지도 않고, 너무 높은 기준을 필요로 하지도 않으며, 격하게 무언가를 바라지 않아도 괜찮은. 스스로의 취향을 알아가고, 나를 즐겁게 하는 것들을 알아가며, 일상의 사이사이에 편하게 만날 수 있는. 간혹 원하는 때에, 원하는 모습으로 찾아오지 않더라도, 언젠가 나의 곁을 찾아올 것이라는 사실을 의심하지 않을 수 있는. 거창하지 않더라도 소탈한 모습으로 의외의 순간 내 곁에 찾아오는. 당신의 행복이 그렇게 조금은 편안한 모습이면 좋겠다. 행복의 공백을 버텨낼 수 있도록. 언제든 옅은 웃음을 지으며 반갑게 맞이할 수 있도록.

⁂ 조금씩 견고해지는 것

살다 보면 힘든 순간들이 참 많다. 모든 게 다 잘 풀리지 않고, 내가 걸어온 길이 잘못된 것처럼 느껴질 때도 있고. 이쯤에서 포기하고 싶다는 생각이 문득 고개를 들기도 하고, 더 이상 나아갈 힘이 없다고 느껴질 때도 있다. 그럴 때면 내가 지나온 길을, 지금까지 해온 것들을 떠올려 본다. 분명 쉽지 않은 일들이 있었다. 처음엔 두려웠던 일도, 해내기 어려웠던 일도 있었다, 하지만 그 모든 순간들을 하나씩 넘어온 내가 있었다. 그렇게 버티고, 견디고, 결국 지금의 나를 만들어 낸 것이다. 지금껏 잘 해왔으니까, 이번에도 분명 해낼 수 있을 것이다. 우리에게 주어진 길은 늘 쉽지 않지만, 그 길을 걸어온 경험이 지금의 우리를 일으킨다. 지금까지의 나를 믿는다. 한 번 더 지금을 넘어설 수 있음을 믿는다. 넘어지면 일어나면 되고, 느리게 가도 괜찮다. 중요한 건 계속 나아가고 있다는 사실이다. 지금을 초월할 때마다 더욱 견고해지는 것. 그것이 우리가 살아내는 방식이다. 당신은 이미 충분히 강하다.

❊ 첫눈이라는 이불

첫눈은 새벽에 내렸다. 까만 하늘에서 떨어지는 눈송이들이 세상에 하얀 이불을 덮어주었다. 어제의 모든 것들이 조용히 잠들어가는 밤. 창밖을 바라보며 그동안의 시간을 생각한다. 겨울의 쓸쓸함도, 봄날의 떨림도, 여름의 뜨거움도, 가을의 아쉬움도 모두 나를 여기까지 데려왔다. 계절은 돌고 돌아 또다시 겨울을 맞이했다. 하지만 이번 겨울은 지난겨울과 조금은 다르게 느껴진다. 눈이 내린 아침이 하얀 도화지 같다. 누구의 발자국도 닿지 않은 순수한 흰색이 온 세상을 채우고 있는 것 같다. 그 위에 새로운 이야기를 써나갈 수 있다는 걸, 이제는 알 것 같다.

겨울은 이맘때쯤이면 모든 것을 하얗게 덮어줌으로써 우리에게 새로운 시작의 가능성을 가르쳐 주는 것일까. 그 위에 우리는 각자의 색으로, 각자의 모양으로, 각자의 속도로 우리만의 그림을 그려나갈 것이다. 새로운 시작은 이렇게 찾아온다. 소리 없이, 그러나 분명하게. 오래된 일기장을 덮고 새 공책을 펼치듯, 그렇게 우리는 또 한 번의 여백을, 시작을 선물 받는 것이다. 두꺼운 외투를 걸치고 밖으로 나서본다. 첫발자국을 내디딜 때 그 느낌이 너무도 부드러웠다.

※ 나와의 화해

타인과의 사랑과 나 자신을 향한 사랑은 다른 면을 갖고 있다. 타인과의 관계는 어느 쪽이든 등을 돌려 관계가 끝날 수 있지만, 나와의 관계는 결코 그럴 수 없다는 것. 믿음이 깨지거나 마음이 변하면 각자의 길을 걷는 것을 선택할 수 있는 타인과의 관계와는 다르게, 우리는 나 자신에 대한 실망을 품고도 계속해서 나와의 관계를 이어나가야 한다. 어떻게든 나 자신을 향한 믿음을 또 한번 키워나가야 한다.

관계를 이어나가기 위해 가장 필요한 마음가짐이 있다면, 그것은 언제든지 서로를 향해 화해의 손길을 뻗고자 하는 것일 테다. 간혹 다투더라도, 행복하기 위하여 노력하고 있다는 믿음. 서로의 실수를 따스하게 껴안아주려는 마음. 때로는 부족한 모습도 있다는 것을 인정하고, 그런 서로를 더 너그럽게 바라보려 애쓰는 것. 뜻대로 되지 않는 서로를 이해하고 서로의 노력을 기다려 줄 줄 아는 것.

어쩌면 나와의 관계 또한 다르지 않다. 내게 벌어지는 실망스러운 일들도, 도무지 나 자신이 마음에 들지 않는 순간들도, 따스하게 품어주려 노력하는 것. 서툰 스스로에게 때로는 화가 나더라도, 그 마음을 이해하고 받아들이는 것. 그리고 그런 감정들 역시 나를 사랑하고 있기에 생기는 것이라고, 나를 다독여주는 시간을 가지는 것. 누구보다 자신이 잘 되었으면 하는 소망을 품고 있기에, 때로는 자신이 마음에 들지 않고, 마구 화를 내고 싶어지는 것이다. 전부 스스로를 향한 사랑이 없다면 피어나지 않을 감정인 것이다.

나와 잘 지내는 방법은, 끊임없는 신뢰를 나 자신에게 선물하는 것이다. 원치 않는 고난을 겪는 나 자신을 향해 끊임없는 화해의 손길을 뻗는 것이다. 어쩌면 우리는 그런 과정을 끊임없이 반복하며 나 자신을 더욱 견고히 조각해 가는지도 모른다. 당신이, 당신과 잘 지냈으면 좋겠다. 때로는 부족하다 느껴지는 스스로를 향해 화해의 손길을 뻗을 수 있었으면 좋겠다. 어떤 타인을 바라볼 때보다 관대한 마음을 품고서. 원치 않는 실수를 따스한 시선으로 안아줄 수 있는 넓은 마음을 품고서.

✳ 길 위에서

쳇바퀴 같은 일상을 거닐며
익숙한 불안이 마음에 드리운다

중요한 무언가를 잃어버린 것만 같은

내가 원하는 방향으로 걸어온 것이 아니라
무언가에 이끌려 이곳에 다다른 듯한 기분

예전엔 참 꿈이 많았었는데

손끝에 스치는 모든 것들이
반가웠던 시절이 있었는데

어느샌가
손끝에 닿는 건 차가운 현실
잡히지 않는 꿈의 조각들

나는 그 사이 어딘가에
두 손을 깊이 넣고,
아무 말 없이 걸음을 옮긴다

그러다 문득 만나게 되는 건,
과거의 나

순수함 잔뜩 머금은
그 시절의 내가
나에게 말을 건넨다

참 꿈이 많았잖아

그리고 덧붙이는 말

아직 아무것도 끝나지 않았잖아

쳇바퀴 같은 일상을 거닐며
익숙한 후회가 마음에 드리운다

그 속에서 나는,
멈춘 발걸음 뒤에 남겨진 흔적을
천천히 바라본다

여전히
길은 말이 없다

오직 내 발걸음만이
묵묵히 답을 찾아가고 있다

오늘도 그 길 위에
나는 서 있다

그래도 한 가지 확실한 것

이 길은
나의 길이다.

✳ 사랑의 증거

　여행길에서 우연히 어느 노부부를 목적지까지 태워다드린 적이 있다. 할아버지께서는 할머니와 뒷좌석에 나란히 앉아 어깨를 내어주셨고, 할머니께서는 그 어깨에 자연스레 기대셨다. 그 모습이 무척 아름다웠는데, 아이러니하게도 내 마음에는 아쉬움이 가득 차올랐다. 어쩌면 지난 사랑과 끝까지 함께하지 못한 아쉬움이 솟아났기 때문일 것이다. 영원하자는 약속이 더 이상 진실이 아니게 되어버린 순간이 떠올랐기 때문일 것이다. 하지만 사랑이 떠난 그 사람에게는, 그때 그 약속을 지킬 의무 따위 남아 있지 않다는 사실 또한 알고 있다.

　아쉽게도 사랑을 하며 우리가 맺는 모든 약속은 늘 '지금처럼 사랑이 유지된다면'이라는 조건 안에 갇혀 있다. 지금 사랑하기에 말할 수 있고, 지금의 사랑이 존재하기에 굳게 장담할 수 있다. 하지만 사랑이 사라지는 순간 그 모든 언어와 약속은 무의미한 것이 된다. 한때는 자꾸만 변하는 사랑을 마주하며 회의감을 느끼곤 했다. 사랑이란 존재하지 않는 것이라 믿기도 했다. 확실하지 않은 사람에게는 마음을 건네지 않으려 했고, 상대에게 미래를 향한 장담을 바라기도 했다. 하지만 이제는 안다. 나의 삶이 어떻게 펼쳐지게 될지 알 수 없는 것처럼, 우리의 사랑 또한 마찬가지라는 사실. 사랑을 하며 우리가 하는 모든 약속은, 사랑을 하는 기한 동안에만 유효한 것이라는 사실. 하지만 그러한 사실이 사랑을 부정할 이유가 될 수 없다는 사실.

절망할 것 없다. 사랑은 지금 이 순간 분명히 존재하는 것이기에 아름답고 '지금'을 지켜내기가 쉽지 않기에 찬란한 것. 진심을 나눈다면, 서로를 향한 '지금'의 마음을 지켜낼 수 있는 많은 이야기들을 함께 쌓아갈 수 있다. 결코 미래를 장담할 수 없는 사랑이라는 것이 무척 두렵게 느껴지겠지만, 그럼에도 좋은 사람이 되고자 노력한다면, 함께 그 사랑을 증명해 나갈 사람을 만날 수 있을 것이다. 사랑은 증명하는 것이다. 사랑은 미래를 확신하는 것이 아니라, 함께 미래를 만들어 가는 것이다.

　　우리가 노부부의 모습에서 진정한 사랑의 모습을 확인할 수 있는 이유는, 그것이 사랑의 증거이기 때문이다. 서로의 다름을 넘어 지금껏 발을 맞추었다는 증거. 숱한 고난에도 끝내 서로의 손을 놓지 않았다는 증거. 불투명한 미래를 추측하며 두려워하기보다, 지금 이 순간 내 곁에 있는 사람을 아낌없이 사랑하자. 지금의 감정이 소홀함으로 사라지지 않도록 매순간 곁에 있는 사람의 온기를 만지자. 그렇게 서로의 마음을 증명하기 위하여 손을 잡자. '지금'의 사랑을 '영원'으로 만들어 내지 못할 수도 있다. 하지만 사랑을 '영원'으로 만들어 가는 이들은, 모두 '지금' 사랑을 하고 있는 사람들이다.

✳ 미움보다 강한 마음

　　사랑의 뒷모습을 감당하는 것은 분명 쉽지 않다. 이별을
대하는 상대의 무신경한 표정 앞에, 끝까지 최선을 다하려는
자신이 초라해지기도 하고, 사랑을 가볍게 여기는 상대의 태
도로 인해, 진심을 다 했던 지난 시간들이 허무하게 느껴지기
도 한다. 하지만 그럼에도 사랑했던 사람을 미워하는 일을 끝
내 하지 못하는 사람들이 있다. 그 사람에게 끝까지 나쁜 마
음을 품지 않고, 마음을 정리하는 사람들이 있다. 사랑이 남아
서 그런 것이 아니다. 그 사람을 향한 미련 때문도 아니다.

어쩌면 알고 있는 것이다. 진정 누군가를 떠나보내는 위해서 가져야 할 마음은 결코 미움이 아니라는 것을. 미움은 우리 삶에 무엇도 놓아두지 않는다는 것을. 미움은 더 나은 모습으로 다음을 맞이할 수 없는 이유가 된다. 거짓 없는 사랑을 품었던 마음. 자신의 삶에 머물렀던 모든 인연들에 인사를 건넬 줄 아는 마음. 함께했던 시간들을 그 모습 그대로 바라볼 줄 아는 마음은, 사랑을 향했던 그 시절을 헛되지 않게 한다. 그러한 마음은 겹겹이 쌓여 우리를 다음 사랑으로 인도한다. 그러한 마음은 어떤 미움보다 강하다. 그렇게 믿는다.

☀ 내게 미처 전하지 못한

나를 의심하는 수많은 사람들에 집중했으나,
단 한 번도 나 자신을 이유 없이 믿어주지 않았음을.

힘겨운 과정의 끝에 어떤 결과를 만나게 될 것인지 끊임
없이 물었으나,
단 한 번도 그 과정을 지나고 있는 나의 안부를 묻지 않
았음을,

나에게서 등을 돌린 많은 사람들에게 미련을 남겼으나,
단 한 번도 스스로를 돌보지 못한 순간들에 미련을 갖지
않았음을.

내가 나아가야 할 곳을 알려달라 자주 기도했지만,

단 한 번도 나 자신에게 원하는 곳으로 나아가 달라 부탁하지 않았음을.

지나온 길에 너무 많은 후회를 쌓아두었지만,

단 한 번도 나 자신을 쓰다듬지 못했던 순간들을 후회하지 않았음을.

누군가를 향해 나를 끝까지 사랑할 것이냐 끊임없이 물었으나,

단 한 번도 나를 끊임없이 사랑할 것이냐 나 자신에게 묻지 않았음을.

✳ 나에게 시간을 준다는 것

나에게 쓰는 시간에 인색했다.

모두들 바쁘게 달려가고 있는 세상 속에서
나만 멈춰 있는 것만 같아 두려웠다.

하지만 그렇게 타인의 시선을 의식하며
무리하게 달려가다 문득 스스로를 돌아보았을 때
이런 의문이 밀려왔다.

나는 지금 무엇을 위해 달려가고 있는 걸까.

타인의 속도에 맞춰 나아가는 것만이
중요하게 되어버린 것이었다.

그렇게 스스로를 잃어가고 있는 것이었다.

자신이 머물러 있기를 바라는 사람은 아무도 없다.

누구나 자신이
흔들림 없이 나아가기를 바란다.

그렇게 무엇에도 머뭇거리지 않고,
굳건히 자신의 마음을 다스리며 변함없이 나아갈 수 있
다면 좋겠지만,
살다보면 누구나 뜻대로 되지 않는 때를 만나게 된다.

그런 시기를 마주하며 명심해야 할 것은,
나에게 스스로를 돌아볼 시간을 주어야 한다는 것이다.

진정 나를 위한 시간을 준다는 것은

세상의 속도가 아닌 나만의 속도로 나아가겠다는 믿음에

서 시작된다.

타인의 목소리가 아닌,

내 안의 목소리에 귀 기울이겠다는 의지로부터 출발한다.

스스로를 잃은 채 무리하게 나아가는 것이 아닌,

그 자리에 굳건히 서서 스스로를 지키는 것이 더욱 중요

한 시기가 있다.

그것이 포기했다는 뜻이 아닌,

더욱 나답게 나아가기 위함임을 믿어야만 하는 시기가 있다.

✳ 우리의 결핍

사람은 누구나 채워지지 못한 어느 한 부분을 안고 살아간다. 그 빈자리, 그 결핍은 우리를 불완전하게 만들지만, 동시에 그것은 서로를 향하게 하는 힘이 된다. 우리는 채워지지 않은 빈자리 때문에 누군가를 찾아 나서고, 채워질 수 있으리라는 작은 희망으로, 한 걸음을 내딛을 용기를 품는다. 하지만 처음에는 자신의 공허를 채우기 위해 시작된 걸음일지라도, 어느새 상대의 결핍을 발견하는 여정이 된다. 그렇게 우리는 서로의 마음을 조금씩 읽어가기 시작한다. 어쩌면 우리가 누군가에게 끌리는 것은, 그 사람의 온전함 때문이 아닐지도 모른다. 오히려 그들이 가진 어떤 불완전함, 희미하게 보이는 그늘, 정의내릴 수 없는 쓸쓸함 때문일 것이다. 그것이 우리 안의 빈자리와 묘하게 닮아 있기 때문에. 가득 채워주고 싶기 때문에.

나는 자주 나의 결핍을 감추려 애썼다. 마치 그것이 커다란 약점인 것처럼, 채워내지 못한 공허일 뿐이라고, 그렇게 취

급하기도 했다. 하지만 시간이 흐르면서 깨닫는다. 그 빈자리야말로 우리를 더욱 인간답게 만드는 것임을. 세상 어디에도 완벽한 인간은 없는 것이다. 내 안에 빈 공간이 존재하기에, 타인의 빈 공간을 이해할 수 있다. 내 안의 아픔으로 인해, 타인의 아픔에 귀 기울일 수 있다. 내가 나를 안아주고 싶기 때문에, 타인을 기꺼이 안아줄 수 있다. 때로는 내 안의 빈자리가 누군가의 쉼터가 되기도 하고, 때로는 타인의 불완전함이 내 마음의 거처가 되기도 한다. 사랑이란 그런 것이 아닐까. 상대의 불완전함 속에서 나의 모습을 발견하게 되는 것. 자신의 결핍을 채우기 위해 내달렸다가, 마침내 상대의 결핍을 안아주고 싶은 것. 상대를 안아주는 것이, 나를 안아주는 것이 되는 것. 그렇게 서로에 물들어가는 것. 우리는 완벽해지기 위해 사랑하는 것이 아니다. 서로의 빈자리에 존재하는 것. 가만히 자리를 채워주는 것. 그것이야말로 사랑이다.

✳ 그럼에도 불구하고, 사랑

내가 사랑했던 것들은 나를 아프게 한다는 것. 우리는 어릴 적부터 상실의 아픔을 견디며 이 단순하고도 가혹한 진실을 배워간다. 처음은 아마도 정성스레 키우던 화분이 시들어 버린 날이었을지도 모른다. 품에 안고 잠들었던 작은 병아리가 어느 날 갑자기 생명을 잃게 되었을 때였을지도. 혹은 전학을 가게 된 단짝과 마지막 하교를 하던 날이었을지도 모른다. 그때부터였을까. 사랑이 한 뼘씩 자라날 때마다 우리는 사랑이 떠난 뒤 남겨지게 될 아픔의 자리를 발견했다.

그렇게 우리는 하나둘 배워온 것이다. 무언가를 온전히 사랑한다는 것은, 언젠가 그만큼의 아픔을 받아들여야 한다는 것을. 사랑했던 시간이 깊을수록 그 아픔은 더욱 선명해지리라는 것을. 그래서일까. 어른이 된 우리는 조금씩 사랑을 주저하게 된다. 온전한 마음을 내어주는 것이 두려워진다. 더는 아프고 싶지 않아서, 더는 무언가를 잃고 싶지 않아서. 조금씩 마음의 문을 닫아간다. 사랑이 찾아올 때면 한 걸음 물러서고, 깊어질 때면 고개를 저으며 머뭇거린다. 그래서 나는 한 존재를 향한 어른의 사랑이 처연하다. 그만큼의 아픔을 받아들일 준비가 되었다는 뜻임을 알기 때문이다.

   하지만 우리는 또한 알고 있다. 아무것도 사랑하지 않는 삶은, 이미 조금씩 죽어가는 삶이라는 것을. 그러므로 우리는 여전히 사랑한다. 모든 것을 알면서도, 아니 모든 것을 알기에 차라리 더욱 깊이 사랑한다. 겨울이 오리라는 것을 알면서도 꽃을 피우는 봄처럼. 지나간 사랑이 가져다주는 아픔은 그만큼 사랑이 진실했다는 증거라고 믿으며, 그렇게 발길을 옮긴다. 아프지 않은 사랑은 없다. 우리는 다만 그 아픔과 함께 살아가는 법을 알아갈 뿐이다. 사랑했던 것들이 남긴 상처는 시간이 지나도 완전히 아물지 않는다. 다만 우리는 그 흉터를 끌어안고 살아가는 법을 배워갈 뿐이다. 그럼에도 불구하고 사랑한다는 말. 그래서 나는 이 말이 너무도 아프고, 아름답다.

작가의 말

때늦은 눈이 내립니다. 창밖으로 흩날리는 눈송이들을 바라보며 문득 생각합니다. 우리는 모두가 같은 하늘 아래, 같은 계절을 겪고 있지만, 각자의 마음속에는 서로 다른 계절이 자리하고 있다는 것을요.

어제까지 겨울이었던 마음에 오늘은 설레는 봄이 깃들기도 하고, 햇살 가득했던 어제의 마음에 오늘은 서늘한 바람이 불어오기도 합니다. 어느 순간에는 가슴속에 뜨거운 여름이 불타오르고 어느 때는 쓸쓸한 가을바람이 불어옵니다. 그래서일까요. 우리는 같은 날씨를 마주하고도 서로 다른 감정을 느낍니다. 같은 말을 듣고도 서로 다른 의미로 받아들입니다. 우리 모두 겪고 있는 마음속 계절이 다르기 때문입니다. 때로는 내 마음에 드리운 계절이 너무 서글프게만 느껴질 때가 있습니다. 계절을 바꿀 수 있는 힘이 나에게 없는 것만 같은 날. 홀로 견디는 마음속 계절이 때로는 너무도 처량하게만 느껴질 때. 내 마음속 쓸쓸함이 영원히 끝나지 않을 것만 같은 날들이 있습니다.

하지만 계절은 변화합니다. 마음의 계절 또한 그러합니다. 지금 당신이 어떤 계절 속에 있든, 그 또한 변하리라는 것을 기억해 주세요. 춥고 어두운 겨울이 영원할 것 같아도, 어느새 봄꽃은 피어납니다. 뜨거운 열정이 계속되다가도, 어느새 깊은 사색의 시간으로 접어들게 되기도 합니다. 그것이 자연의 이치이고, 우리 마음의 이치이기도 합니다. 그러므로 우리가 할 일은, 머무는 모든 계절을 미워하지 않고, 그 안에 담긴 의미를 조용히 안아주는 일일 것입니다.

이 책의 페이지를 넘기는 동안, 당신이 지금 겪고 있는 그 계절이 어떤 모습이든, 그 안에서 당신과 닮은 마음을 발견하셨기를 바랍니다. 때로는 차가운 바람을, 때로는 따스한 햇살을 느끼며, 아픔의 겨울을 지나는 분에게는 작은 온기가 되었기를. 기쁨의 봄을 맞이한 분에게는 그 행복을 오래 간직할 수 있는 이유가 되었기를. 여름의 열정 속에 있다면, 그 불꽃 같은 순간들을 함께 노래할 수 있는 문장을 만나셨기를. 가을의 쓸쓸함 속에 계시다면, 고요히 춤추는 낙엽처럼 아름다운 당신의 모습을 발견하셨기를 바랍니다. 우리는 모두 각자의 계절을 살고 있지만, 마음을 나누며 서로의 닮은 모습을 조금이나

마 발견할 때, 삶은 조금 덜 외롭고, 조금 더 따뜻해집니다. 당신의 계절이 이 책의 어느 한 곳에 머물러 있었기를, 그리고 그곳에서 당신이 혼자가 아니라는 작은 위안을 얻으셨기를 진심으로 소망합니다.

어떤 날씨든, 어떤 기분이든, 어떤 순간이든
그 모든 것은 당신을 더 아름답게 만들어 갈 것입니다.
당신의 계절이 어떤 모습이든 그것은 당신만의 시간입니다.
그리고 저는 그 시간을 살아가는 당신을,
제 계절 속에서 조용히 응원하겠습니다.

다 좋아질 것입니다.
행복이 쏟아질 만큼.

다 좋아질 거야, 행복이 쏟아질 만큼

ⓒ 길연우, 2025

초판 1쇄 발행 2025년 4월 23일

지은이 길연우
기획편집 정다움
디자인 오연주
콘텐츠 그룹 정다움 이가람 박서영 전연교 정다솔 문혜진 기소미
표지 그림 허은주

펴낸이 전승환
펴낸곳 책읽어주는남자
신고번호 제2024-000099호
이메일 book_romance@naver.com

ISBN 979-11-93937-59-4 (03810)